国家古籍整理出版专项经费资助项目

阮籍集

倪其心 导读
刘仁清 审阅

章培恒 安平秋 马樟根 主编

中华文史名著精选精译精注
·
全民阅读版

凤凰出版社

图书在版编目（CIP）数据

阮籍集 / 倪其心导读. -- 南京：凤凰出版社，2020.8

（中华文史名著精选精译精注：全民阅读版 / 章培恒，安平秋，马樟根主编）

ISBN 978-7-5506-3143-4

Ⅰ.①阮… Ⅱ.①倪… Ⅲ.①古典诗歌－诗集－中国－魏国②古典散文－散文集－中国－魏国 Ⅳ.①I213.612

中国版本图书馆CIP数据核字(2020)第061609号

书　　　名	阮籍集
导　　　读	倪其心
责 任 编 辑	张永堃　孙思贤
书 籍 设 计	徐　慧
出 版 发 行	凤凰出版社（原江苏古籍出版社）
	发行部电话025-83223462
出版社地址	南京市中央路165号，邮编：210009
出版社网址	http://www.fhcbs.com
照　　　排	凤凰零距离数字印前中心
印　　　刷	苏州市越洋印刷有限公司
	苏州市吴中区南官渡路20号　邮编:215104
开　　　本	880毫米×1230毫米　1/32
印　　　张	5.875
字　　　数	121千字
版　　　次	2020年8月第1版　2020年8月第1次印刷
标 准 书 号	ISBN 978-7-5506-3143-4
定　　　价	33.00元

（本书凡印装错误可向承印厂调换，电话:0512-68180638）

丛书编委会

顾问

周林　邓广铭　白寿彝

主编

章培恒　安平秋　马樟根

编委

马樟根　平慧善　安平秋　刘烈茂
许嘉璐　李国祥　金开诚　周勋初
宗福邦　段文桂　董治安　倪其心
黄永年　章培恒　曾枣庄
（以上为常务编委）

王达津　吕绍纲　刘仁清　刘乾先
李运益　杨金鼎　曹亦冰　常绍温
裴汝诚
（以上为编委）

目录

导读 ……………………………………………… 1

咏怀诗(八十二首选三十六)……………………… 1

其一(夜中不能寐)………………………………… 2

其二(二妃游江滨)………………………………… 3

其三(嘉树下成蹊)………………………………… 6

其四(天马出西北)………………………………… 8

其五(平生少年时)………………………………… 9

其六(昔闻东陵瓜)………………………………… 11

其八(灼灼西颓日)………………………………… 13

其九(步出上东门)………………………………… 15

其十一(湛湛长江水)……………………………… 18

其十二(昔日繁华子)……………………………… 20

其十三(登高临四野)……………………………… 22

其十四(开秋兆凉气) ………………………… 24

其十五(昔年十四五) ………………………… 26

其十六(徘徊蓬池上) ………………………… 28

其十七(独坐空堂上) ………………………… 30

其十九(西方有佳人) ………………………… 31

其二十(杨朱泣歧路) ………………………… 33

其二十一(于心怀寸阴) ………………………… 36

其二十二(夏后乘灵舆) ………………………… 38

其二十五(拔剑临白刃) ………………………… 40

其三十一(驾言发魏都) ………………………… 42

其三十二(朝阳不再盛) ………………………… 44

其三十三(一日复一夕) ………………………… 46

其三十八(炎光延万里) ………………………… 48

其三十九(壮士何慷慨) ………………………… 50

其四十三(鸿鹄相随飞) ………………………… 52

其五十四(夸谈快愤懑) ………………………… 53

其五十七(惊风振四野) ………………………… 55

其五十八(危冠切浮云) ………………………… 57

其六十(儒者通六艺) ………………………… 58

其六十一（少年学击刺） …………………… 61

其六十七（洪生资制度） …………………… 63

其七十（有悲则有情） ……………………… 65

其七十四（猗欤上世士） …………………… 67

其七十九（林中有奇鸟） …………………… 70

其八十二（墓前荧荧者） …………………… 71

亢父赋 ………………………………………… 74

达《庄》论 …………………………………… 82

大人先生传 …………………………………… 115

导读

阮籍,字嗣宗,陈留尉氏(今河南尉氏县)人,魏、晋之际著名文学家、思想家,"竹林七贤"之一,与嵇康齐名。他生于东汉献帝建安十五年(210年),在魏陈留王景元四年(263年)去世。他的父亲阮瑀是"建安七子"之一,为曹操丞相府僚属,擅长军书檄文和乐府歌辞,曹丕称他"书记翩翩"(《与吴质书》)。阮籍三岁亡父,由寡母抚育成人,事母至孝。他三十三岁才出仕。魏正始三年(242年),太尉蒋济召他为幕僚,他上奏记婉辞。蒋济恼怒,他被迫赴职,不久托病辞归。又为尚书郎,亦病免。正始九年(248年),曹爽执政,广揽名士,召阮籍为参军,他拒绝应召,归田屏居。一年后,司马懿诛灭曹爽集团,时人因而佩服阮籍大有远见。司马懿擅权,召阮籍为从事中郎。他见司马懿排斥异己,杀害名士,残酷无情,因而就任以全身。司马昭擅政时,他仍为从事中郎,封关内侯,迁散骑常侍。其间,他曾出任东平(今属山东)相,求为步兵校尉,所以史称"阮步兵"。

阮籍生于曹操基本统一北方的年头,长于魏文帝、明帝朝三国鼎立的时代,主要活动于齐王曹芳正始以后的时期。曹魏集团腐败,司马氏集团取而代之。阮籍去世那年,蜀汉投降;后年,司马炎登基,晋朝正式建立。他的一生,大体处于三国鼎立阶段,恰与曹魏王朝兴亡同步。这四十多年,东汉虽亡,但天下分裂,尚未统一;三国割据称帝,但不知最终鹿死谁手,都未必长久;三国各自巩固内部,发展经济,国势相对稳定,但战争从未停止;三国统治集团内部,各种势力的政治斗争,明里妥协,暗里切齿,渐趋激烈。大体地说,较之汉末农民起义、军阀混战的动乱而言,这一时期社会阶级矛盾有所缓和。但封建阶级内部政治斗争并未终止,由三国争夺天下,到三国上层统治集团争夺政权,变得集中而明确。而随着形势的发展,曹魏统一天下的条件愈益成熟,曹魏内部的政治斗争也愈演愈烈;斗争对立面主要就是曹魏新兴士族集团和司马氏代表的世家士族集团。因而这个历史时期的基本特点是:三国鼎立,相对稳定;天下未定,实质动荡。正因为实质上这是个动荡未安的乱世,所以在思想文化的上层建筑领域里,也是充满斗争,显得相当活跃。

陈留阮氏是曹魏时期新兴士族。阮籍早孤,家境不富,但学习努力,兴趣颇广,博览群书,多才多艺。他攻读儒家经典,"昔年十四五,志尚好《书》《诗》"(《咏怀诗》其十五);但也爱读《老子》《庄子》,并且学习击刺武艺,能长啸,善弹琴,还喜欢喝酒。在曹魏集团兴盛的年代,青年阮籍志气宏放,性格开朗,但不受拘束,有点傲气,常常独来独往,因而引人瞩目,先觉得他"痴",后来发现他"异",不同寻常。其实他既想做个才德高尚的贤者,"被褐怀珠玉,颜、闵相与期"(《咏怀诗》其十五);又要做个武艺高超的战士,"英风截云霓,超世发奇声"(《咏怀诗》其六十一);更是胸怀济世的爱国壮志,"壮士何慷慨,志欲威八荒","忠为百世荣,义使令名彰。垂声谢后世,气节故有常"(《咏怀诗》其三十九),要为国征战,统一天下,做个忠义爱国的壮士。从《咏怀诗》里怀念往事的篇什,可以看到他对青少年时期的理想和生活是深情系之的。

当阮籍怀抱壮志,走进社会,接触政治现实后,他痛心地看到了曹魏集团骄奢浮华,趋于腐败。这使他深为失望,无意仕进;同时他也敏锐觉察到司马氏集团伪善险恶,高唱礼法而阴谋篡权,使他激愤忧患,更不肯依附。他沉默、苦闷、愤慨,深感这个时代污浊混乱,他的才能无法施展,他的壮志不能实现。有一次,他游历当年楚霸王项羽与汉高祖刘邦决战的广武古垒,感慨地说:"时无英雄,使竖子成名!"(《晋书》本传)"竖子"是范增在鸿门宴上斥骂项羽不材的称呼。阮籍觉得自己的时代就像当年楚、汉对峙似的,正因为没有真正的英雄,所以不材可以成名而称英雄,那些成功的人物也非必是真英雄。他又曾"率意独驾,不由径路,车迹所穷,辄恸哭而返"(《晋书》本传)。这近乎痴狂的行为,是他曾努力追求理想而终于失败的情绪发泄,也是对这黑暗混乱时代的软弱抗议。他清醒了,也转变了,所以青年阮籍虽然已有"异"名,也有人荐誉,但他却不肯做官,变得喜怒不形于色,"发言玄远,口不臧否人物",并且更加好酒,还几次托病辞官,显得少年老成,城府不浅。事实上,那位热情开朗的爱国青年阮籍,只徘徊于乡间,透露于回忆,闪烁于放诞言行,并未径直冲进社会,奋斗仕途。出现于历史舞台的阮籍,是个看来充满矛盾的文人、学者、士大夫。

在政治上，阮籍是矛盾的。他心里愿望曹魏王朝振兴，但因无望而不肯出仕；他心里反对司马氏集团篡魏，却因高压恐怖而低头就范。他和嵇康、山涛、刘伶、王戎、向秀以及堂侄阮咸等七人，都属曹魏时期新兴士族。由于不满曹魏集团腐败，更反对司马氏篡魏，他们经常聚游于竹林，崇尚老、庄，酣饮谈论，行为放任，不求仕进，当时以为清德，称之"竹林七贤"。但当司马懿大权独揽，施行高压政策后，他们之中除嵇康、刘伶外，阮籍、山涛等五人都被迫出仕。阮籍做司马懿从事中郎时，已届四十不惑之年，明知不可而为之，却也从此不致仕，并且凡司马氏府上宴集，他有请必赴，到必痛快吃喝。实际上，他做的是清贵之官，并不出力，只是以仕为隐，隐于朝廷，借以全身，既不为仕，更不为功名富贵。这种在仕隐夹缝里求生存的官，很难做，更痛苦。所以他说，"一日复一夕，一夕复一朝。颜色改平常，精神自损消"，"终身履薄冰，谁知我心焦"（《咏怀诗》其三十三），"曲直何所为？龙蛇为我邻"（《咏怀诗》其三十四）。这种日子极不好过。

有两个人很理解阮籍这种处境和心情，一个是嵇康，一个是司马昭。嵇康认为阮籍是位贤者，"口不论人过"，"至性过人，与物无伤"，只是喝酒过分。他说，阮籍"至为礼法之士所绳，疾之如仇雠，幸赖大将军保持之耳"（《与山巨源绝交书》）。他十分理解，阮籍是司马氏党羽即那些礼法之士的伪君子们的死对头；正是为了避免伪君子们阴险加害，只得托庇于大将军司马昭。司马昭称阮籍"至慎，每与之言，言皆玄远，未尝臧否人物"（《世说新语·德行》），因而"恒与谈戏，任其所欲，不迫以职事"（《世说新语·任诞》注引《文士传》)。司马昭很了解阮籍的软弱,既然要利用他的名望和文才,便乐得保护,显得器重,博得爱才和宽容的美誉,有利于自己篡魏。对此,阮籍心里明白。司马懿曾想与阮籍结为亲家,阮籍昏醉六十天,借醉表明态度,拖了过去,司马懿也不再强求。司马昭要进爵晋王,加九锡之礼,表面却一再推辞,百官一再劝进,让阮籍写劝进表章。阮籍也借醉拖延。等到使者来索取表章,把他叫醒,他才写了一篇文辞清丽的空话,敷衍了事。而司马昭也并不加罪。阮籍守母丧时期,司马昭请他赴宴。宴席上,礼法名流何曾斥骂阮籍服丧期间大吃大喝,有意破坏司马昭以孝治天下的法制,要司马昭予以惩处。阮籍照样吃喝,不予理睬,反而是司马昭替他解围,说他守孝哀伤,身体很弱,应该补养。大概由于礼法之士纠缠不休,他便请求到东平做官。这是个穷僻的小地方。他骑驴赴任,一到任就把衙门的围墙拆掉,使"内外相望",颁布了几条简单明了的法令,只十天就返京。他写了篇《东平赋》说:"岂淹留以为感兮,将易貌乎殊方;乃择高以登栖兮,永欣欣而乐康。"表明本意只求清闲几天,并不真想做官。他又听说步兵营的厨师善酿酒,而且贮藏了三百斛好酒,就要求去当步兵校尉。可见他确乎是"醉翁之意不在酒",只是采用仕而隐的对策,旨在远害全身。当然喝酒过多,有害健康,难怪嵇康要批评他。

在思想上,阮籍是矛盾的。他在青少年时培育的道德情操和爱国壮志是从儒家思想来的;而且真心追求,始终未曾忘怀。成年阮籍变成了老、庄道家思想的信徒,却是并不彻底,有所折衷的。现实政治的混乱黑暗,使他不能兼济天下,只得明哲保身,独善其身,走了以仕为隐的道路。

　　本来,自正始以来,以何晏、王弼为代表的一些正始名士,原是曹魏时期新兴士族上层的一些青年文士,他们才思敏捷,行为放荡,爱好老、庄,喜欢清谈,调和玄、儒,探讨道德,掀起一股谈玄风。何晏依附曹爽,当了侍中尚书,玄风也随之而盛。阮籍本来对他们不满,曾说:"三楚多秀士,朝云进荒淫。"(《咏怀诗》其十一)就是说他们像楚国宋玉那样,有才而不正经。但当司马懿诛灭曹爽集团,何晏也被杀,株连了一批正始名士。王弼在正始十年也病逝了。在这种高压恐怖气氛下,"竹林七贤"反而接着何、王的玄谈,也大谈老、庄,探讨道德,而且行为放任,不求仕进。显然,这实质上是一种抵制司马懿的政治行为,其倾向与阮籍以仕为隐是一致的。因而成年阮籍虽然以老、庄思想信徒活跃于历史舞台,但他的思想具有明显的特点和倾向:以老、庄的自然之道,求孔、孟的仁义之德,而以锐利的锋芒指向司马氏集团的礼法之士,讽刺其虚伪丑恶,揭露其罪恶根源。这就使他的思想言论,有时俨然老、庄忠实信徒,有时却像孔、孟后学,显得互相矛盾。

　　阮籍对儒家思想很理解,从未根本否定。但他常用道家自然天理的观念来分析历史的发展变化,对儒家宗奉的三代圣君盛世与历代亡国乱世进行分析批判。例如,他的《乐论》是阐述孔子所说"移风易俗,莫善于乐"的理论的。文中首先指出,依照"自然之道",最完美的音乐和最完善的移化,是"乐之所始",即原始时代的朴素的音乐,其特点是"不烦"和"无味"。然后指出不同风俗的产生,败坏了原始朴素音乐,其原因是:"圣人不作,道德荒坏,政法不立,智慧扰物，化废欲行。"可见其原则和出发点是道家思想。但在论述风俗产生之后的音乐教育作用时，则几乎完全采取儒家的礼乐教化思想。他认为："刑教一体，礼乐外内也。刑弛则教不独行，礼废则乐无所立。……礼逾其制，则尊卑乖；乐失其序，则亲疏乱。礼定其象，乐平其心；礼治其外，乐化其内；礼乐正而天下平。"

同样，他阐述《易经》的《通〈易〉论》，也是用自然之道来解释《易经》思想，肯定《易》是"昔之玄真，往古之变经"；认为《易》之为书也，是依照"顺自然，惠生类"的根本道德原则来论述客观事物变化规律的。但是在具体论述《易》的来历及具体内容时，却又基本采取传为周公所著《系辞》的观点。其结论则折衷玄、儒，指出："是以明夫天之道者不欲，审乎人之德者不忧；在上而不凌乎下，处卑而不犯乎贵。故道不可逆，德不可拂也。是以圣人独立无闷，大群不益，释之而道存，用之而不可既。由此观之，《易》以通矣。"这就是说，要通《易》，必须明了一个根本道理，明天道而审人德，按照自然天理来考察人的本分需要。自然有天地万物之分，人类有上下贵贱不等，各安本分，天下太平。而最能理解且掌握这一根本道理的圣人，就能彻底超脱，听任天地万物及人类自然发展。

显然，《乐论》《通〈易〉论》的思想实质都是以自然之道、无为之治为最高理想和根本法则，来达到维持现实的封建等级制度的存在和发展。理想是道家的，现实则属于儒家，阮籍的本意在于调和折衷。但这种调和折衷只能自圆其说，事实上是矛盾的。

阮籍阐述老、庄思想，主要是用来分析、批判、揭露魏、晋之际的现实政治及各类儒者的面目。其《通〈老〉论》已佚，但有一条佚文说:"道者,法自然而为化。侯王能守之,万物将自化。《易》谓之'太极',《春秋》谓之'元',《老子》谓之'道'。三皇依'道',五帝仗'德',三王施'仁',五霸行'义',强国任'智',盖优劣之异,薄厚之降也。"可以看到,阮籍以老子自然之道为根本法则和最高理想,所以将传说三皇、五帝的远古时代到春秋战国,依次简括为"道""德""仁""义""智"的五种政治、道德观念,认为变得越来越差,越来越薄。

《达〈庄〉论》直接针对"缙绅好事之徒"对《庄子》的非难,所以阮籍在全面阐述庄子思想的同时,借历史事例予以尖锐激烈的指斥。例如,在比较《六经》与《庄子》的区别时,他认为《六经》是"分处之教""一曲之说",《庄子》是"致意之辞""寥廓之谈",有大与小、整体与局部的不同,理当小从属大,局部服从整体。这一论述虽有褒贬倾向,但不失说理态度。然后他笔锋一转,说:"然后世之好异者,不顾其本,各言我而已矣,何待于彼!残生害性,还为仇敌,断割肢体,不以为痛。目视色而不顾耳之所闻,耳所听而不待心之所思,心奔欲而不适性之所安。故疾疢萌则生意尽,祸乱作则万物残矣!"锋芒所指,显然不是一般儒者,而是针对那些不顾国家、只图私利的缙绅之徒、礼法之士。又如他分析批判战国时代游说之士,指出他们"咸以为百年之生难致,而日月之蹉无常,皆盛仆马,修衣裳,美珠玉,饰帷墙,出媚君上,入欺父兄,矫厉才智,竞逐纵横。家以慧子残,国以才臣亡。故不终其天年而大自割,系其于世俗也"。这等于给礼法之士提供一面历史的镜子,照尽其虚伪丑恶的嘴脸。

在《大人先生传》中,阮籍通过理想化人物——大人先生分别与礼法之士、隐士和薪者的问答,正面阐述了道家的理想和法则,同时对这三类当时现实生活中的儒者作了描述和分析。辛辣地讽刺礼法之士"亦何异夫虱之处裈中乎",愤怒指斥"汝君子之礼法,诚天下残贼乱危死亡之术耳";而对那位愤世疾俗而"抗志显高"的隐士,则批评他"贵志而贱身,伊禽生而兽死"是不足取的;对那位蔑视荣辱而自食其力的薪者,则予以慰勉,加以诱导,使他进一步认识自然之道,彻底超脱。在这些阐扬老、庄思想的文章里,阮籍将老、庄思想作为一种思想批判的武器,用来揭露当时现实的礼法之士的丑恶及儒者的懦弱不振,这一特点和倾向是明显的。大人先生虽然是道家理想化的人物,"与自然齐光","陵天地而与浮,明遨游无始终",高高在上,超越一切,但他毕竟回顾了人间,感叹现实的混乱,并未彻底忘却,尤其是对上述儒家的士君子们。这也同样反映出阮籍思想的矛盾,既要追步老、庄的超脱,又不能忘情于儒家治世之道的败落。

阮籍不可能反对封建制度,也不可能根本否定儒家礼教仁政。他从自己的社会政治生活体验,从对根本道德的深入探索,认识到儒家礼教已被伪君子们败坏,成为暴虐贪污、图谋私利的面具和手段。因此他转而接受老、庄思想,并用作批判揭露魏、晋礼法之士的思想武器。正像鲁迅所说,阮籍和嵇康都是由于那些礼法之士"亵黩了礼教,不平之极,无计可施,激而变成不谈礼教,不信礼教,甚至于反对礼教"(《魏晋风度及文章与药及酒之关系》),而在骨子里可能比礼法之士更信奉礼教。正因为是儒内玄外,所以阮籍的思想是矛盾的。

在生活上,阮籍也是矛盾的。"竹林七贤"素有醉酒和放诞的行为,阮籍自不例外,甚至公然宣称"礼岂为我设耶!"但当他儿子要学他的生活态度时,他却说侄儿阮咸"已豫吾流,汝不得复尔!"这岂非等于说,已经学坏了一个,不准再学坏。自相矛盾,自我鄙薄。不过,在"竹林七贤"中,阮籍的骨气不如嵇康,饮酒不如刘伶,放诞其实也是比较节制,相当谨慎的。史载,他对礼俗之士和通达之士分别以青、白眼看待,比如他对嵇喜翻白眼,多半是恨嵇喜不学他弟弟嵇康。凡属人物,像何曾之流凶险的伪君子,他主要是不理睬,不臧否,或者说些不着边际的玄话,万一失慎,可以回旋。在充当司马昭参军时,有一次恰遇有关司法官署报案说,有人杀母。这触动了阮籍的心绪,遂脱口而说:"嘻,杀父尚可,怎么至于杀母呢?"这样大逆不道的玩笑,使在座官员惊恐失色,司马昭立即责问:"杀父,天下极恶不赦,怎能说可以呢!"阮籍马上回答:"禽兽知母不知父,杀父是禽兽之类,杀母连禽兽都不如。"显然,阮籍本来有感于司马氏以孝治天下而说挖苦话,是对政治现实的辛辣讽刺,但当被责问时,他却偷梁换柱,瞒天过海,用人性和兽性的类比来说明杀母连兽性也没有,变成了一个不着边际的玄理命题,仿佛真开玩笑,这也合乎他的任诞风度。

阮籍放诞言行主要表现于孝道及男女礼节这两个范围,往往更表现他正直善良的品德,真正符合儒家伦理道德。母亲去世时,阮籍正在与人下棋。对手要停止,他却坚持下完,似乎无动于衷,毫无孝心。但下完棋后,他饮酒二斗,大哭一场,吐血数升,内心悲痛再也压抑不住。这是真孝。名士裴楷前来吊唁,阮籍"散发箕踞,醉而直视",并不哭泣答礼,完全不顾礼法,但也不翻白眼。这是真性情,真悲哀。对待妇女,阮籍的放诞显得更为突出。邻近有个酒家,美貌少妇当垆卖酒。阮籍常去喝酒,醉了就躺在垆边,不嫌脏贱。少妇的丈夫经过考察,对阮籍这放诞行为就很放心。有个兵户人家的少女,有才有色,不幸未嫁而夭折。阮籍听说她死了,就去吊唁,尽哀而返,但他并不认识她的父兄。当时商贾和兵户都不属良民,更不入士籍。阮籍不顾尊卑贵贱,赏识贱妇,惋惜才女,确乎不合礼法,却表现了他的正直善良。最惹起议论的是,他的嫂嫂回娘家,他不但相见,而且送别,违反了内外有别、男女授受不亲的礼法。当人们讥笑他时,他就回敬了那句名言:"礼岂为我设耶!"这似乎是他不守儒家礼法的声明,其实也是寓意嘲讽的玄话。如果认为他是放诞之士,则他本就不守礼法。如果认定这礼法必须遵守,那么就不是为我一人设立,不守礼法大有人在,岂只我一人。言外便有讽刺。而对他来说,送别嫂嫂正是家庭和睦的表现、光明磊落的行为,真心实意,合乎礼节。所以阮籍任诞的用意,恰在以认真实在的行为来比照讽刺礼法之士伪善丑恶的行径。阮籍放诞的特点便是任真,是真君子,有真性情,见真道德,既与伪善对立,也跟放荡迥异。

总起来看,作为一位历史人物,阮籍显得矛盾而又一致的特点是:儒内玄外,明哲保身,任诞全真,弯而不屈。他处于魏、晋易代之际,经历了政治、思想、文化从比较开明活跃到黑暗专制的变化转折年代,壮志热情被压抑了,才智胆识被压制了,道德情操被扭曲了。他正直高尚,聪明善良,然而软弱。像一株在悬崖隙缝里生长的瘦弱青松,躯干虬曲,高高偃仰,在寒风严霜里显得低了头,弯了腰,然而坚强生存下来,松针常绿,松风如瑟,仍是一株青松。千百年来,他为人民所理解,获得同情,受到尊重。

比较起来,阮籍在古代思想史上的成就,不如在文学史上突出。作为思想家,他和嵇康代表魏、晋玄学的一个流派,在学术观点上并无突破性的成就,而是以针对现实政治,具有高度政论性为自己的特点。他的思想论著在散文艺术上却又有独创的成就,更增添了他作为文学家的风采。实际上,他生前为时所重的是文才,身后备受称道的是诗赋文章。他的文学成就,首先在诗歌创作上。《文心雕龙·才略》说:"嵇康师心以遣论,阮籍使气以命诗,殊声而合响,异翮而同飞。"即认为阮籍以诗,嵇康以文最具个性,最见才能,最有成就。今存阮籍诗计五言古诗八十二首,四言诗十三首,总题《咏怀》。其四言诗真伪未定,五言则公认为阮籍代表作,大致并非一时一地之作,而且可能是经过诗人自己整理的一个组诗。南朝刘宋诗人颜延年说:"阮籍在晋文代,常虑祸患,故发此咏耳。"(《文选》李善注引)他曾注解《咏怀》,但"怯言其志"(钟嵘《诗品》上)。唐代李善也说《咏怀》"虽志在刺讥,而文多隐避,百代之下,难以情测"(《文选》注)。可见《咏怀》的思想和艺术特点,古来认同。首先是内容上主要抒发了司马昭高压政治下的种种感慨,反映时代的压抑忧患,倾向鲜明,能够令人感受而领会;其次是艺术上隐晦曲折,恰如他"发言玄远"一样,锋芒所指的具体人事是依稀仿佛,难以捉摸的。对现实生活的种种感受体验,诗人主要采取象征性的比兴手法来抒写,诗歌题材的形象是具体生动的,思想感情倾向是显而易见的,诗歌语言明白如话,节奏韵律抑扬自如,能令人感到诗中的大体指向,却又不能确定具体对象,在针对时政的篇章中尤其如此。总体来看,诗人自我形象是鲜明突出的,因而《咏怀》的艺术风格恰如其人,明朗和晦涩,矛盾地统一起来,形成一种独特的风格,开创了一种新颖的体制,被誉为"正始之音",称为"正始体",影响深远。清代王夫之说:"步兵《咏怀》自是旷代绝作,远绍《国风》,近出入于《十九首》,而以高朗之怀,脱颖之气,取神似于离合之间,大要如晴云出岫,舒卷无定质。而当其有所不极,则弘忍之力,内视荆、聂矣。"(《古诗评选》卷四)这一中肯的评论,相当透彻地分析了《咏怀》的艺术风格特征。尤其是在总体上指出诗人自我形象所表现出的坚毅的自控力量,所承受的义愤压力,堪比于战国刺客荆轲、聂政的心理状态,此可谓深刻独到之见。但比较起来,《咏怀》的明朗而晦涩、质直而曲折的艺术风格体制,影响更为深广。北朝庾信《拟咏怀诗》、唐代陈子昂、张九龄《感遇》和李白《古风》等著名组诗,都是对《咏怀》艺术风格体制的继承和发展。

阮籍的抒情小赋亦有可观,但成就不如思想学术散文突出。他的《乐论》《通〈易〉论》《达〈庄〉论》都是思想哲理的论辩文章。它们的结构都是主客问答式的,但前二篇着重于哲理的阐述,而《达〈庄〉论》则具有更多的文学性和政论性,对讽刺对象有生动的神情描写,以古讽今的寓意更为辛辣显明。他的《大人先生传》是虚构创作的道家理想化身的人物传记。虽然它的内容实质也是思想哲理的论辩文章,但因为虚构人物,编造情节,以第三人称勾勒传主及三类士人的形象,所以具有文学创作的特点,更明显地针对社会现实,艺术性和现实性都较突出,是阮籍文章的代表作,也是魏晋文章的一篇重要代表作。从散文艺术发展的角度看,阮籍的文章都继承了汉代东方朔《答客难》、扬雄《解嘲》这类辞赋变体的特点,虚设主客,长篇议论,形式自由,便于发挥。阮籍的发展主要是大胆无拘地扩展虚构的创作成分,机智泼辣地施展指向明确的讽刺艺术,记叙描写颇具神态,议论讥讽淋漓尽致。而《大人先生传》更驰骋想象,恣意夸张,有楚辞恢宏奇丽的气派,颇见歌赋骈散各体的才情,交织融合,别有趣味。所以它篇幅虽长,又多说理,却生动有趣,耐人赏读。

阮籍作品辑集成书,似在南朝。《隋书·经籍志》载其集为十卷,又注明"梁十三卷,录一卷"。唐代又编有五卷本,著录于《旧唐书·经籍志》《新唐书·艺文志》及《日本国见在书目》。此后历代书目著录大抵以十卷本为多,十三卷本与五卷本似未传播。严可均《全上古三代秦汉三国六朝文》叙录称,明有黄省曾刻本为十卷本,但已属辑本。今存《阮籍集》都是明、清及近代辑集重编,有四卷本、二卷本、一卷本等。其《咏怀诗》,自颜延年注解以来,《文选》收入其中十七首,唐李善有注,此后随《文选》注而多有异说新注。近代黄节《阮步兵咏怀诗注》折衷旧注,比较详备,最可参考。

倪其心(北京大学中国古文献研究中心)

咏怀诗(八十二首选三十六)

《咏怀诗》是阮籍诗歌作品的总题,今存五言古诗八十二首,另有四言诗十三首。"咏怀"是吟咏自己情怀的意思。五言《咏怀诗》八十二首便是诗人抒写种种生活感慨的作品汇集,并非一时一地之作。一般认为它的第一首具有序诗作用,所以也有学者推测这八十二首是经过诗人自己整理过的一组诗。

《咏怀诗》八十二首的题材相当广泛,内容也富有现实性,大多针对魏、晋之际易代的政治生活和斗争,抒写自己的感受、体会、认识和爱憎。其中比较突出的主题思想有三类:一是揭露抨击司马氏集团擅权篡国的阴谋、排斥异己的险毒以及曹魏集团的腐败;二是揭露讽刺依附司马氏集团的礼法之士的伪善和丑恶,以及嘲弄他们富贵无常、荣华易谢的下场;三是赞扬清高自全的隐逸及游仙的道路,抒写对人生哲理的探索。总起来看,八十二首《咏怀诗》真实地表现了一位正直而清醒的士大夫在魏、晋易代的政治形势中的矛盾、苦闷、反抗和幻想超脱的思想情绪,具有典型的历史意义。

由于魏、晋之际政治黑暗残酷,诗人采取了比较隐晦曲折的表现手法,多用神话传说、历史故事、自然景象等素材以比兴、象征,因而《咏怀诗》突出的艺术特点是思想感情的爱憎倾向比较明显,但具体内容尤其是有关时政的内容比较含糊,以致"百代之下,难以情测"(《文选》李善注)。清代以来,有的学者尝试征引史实以说明其具体内容,仅可供参考。这里选译了其中三十六首诗。

其一

　　这首诗抒写深夜不寐,满怀愁思,极感孤独。三、四句显出世无知音,五、六句暗示民生不安,可以体会这首诗的寓意和寄托。有的学者认为这一首具有整个组诗的序诗意义。

夜中不能寐①,　起坐弹鸣琴。
薄帷鉴明月②,　清风吹我襟③。
孤鸿号外野④,　翔鸟鸣北林⑤。
徘徊将何见?　忧思独伤心。

---

① 寐:睡眠。　② 帷(wéi):指古时堂屋上的帐幕。鉴:照。
③ 襟:衣裳的前襟。一作"衿",指衣带。　④ 孤鸿:指失群独飞的大雁。号:啼叫。　⑤ 翔鸟:指归来寻找栖宿的飞鸟。曹操《短歌行》:"月明星稀,乌鹊南飞,绕树三匝,何枝可依?"即此意。一作"朔鸟",则指北方的鸟,句意表示思恋故乡。

翻译

深更半夜了,我还是不能入眠,
索性下床来,坐着拨响了琴音。
单薄的帐幕映照出那一轮明月,
清凉的夜风吹动着我身上衣襟。
失群的孤雁在田野外传来悲号,
归巢的飞鸟在北面树林里哀鸣。
它们为什么徘徊?看见了什么?
我忧愁地思索着,独自在伤心。

其二

  这首诗咏叹神话传说中江妃二女和郑交甫邂逅相好之事,感慨士德轻薄,交谊不终,背信弃义。有的学者认为这首诗以男女喻君臣,讽刺司马氏受曹魏王朝重托,却阴谋篡政。

二妃游江滨①, 逍遥顺风翔②。
交甫怀环佩③, 婉娈有芬芳④。
猗靡情欢爱⑤, 千载不相忘。
倾城迷下蔡⑥, 容好结中肠⑦。
感激生忧思⑧, 萱草树兰房⑨。

膏沐为谁施⑩？　其雨怨朝阳⑪！
如何金石交⑫，　一旦更离伤！

---

① 二妃：指神话传说的江妃即长江女神的两个女儿。　② 逍遥：自由自在。　③ 交甫：神话传说中的一个书生，姓郑，名交甫。环佩：妇女佩带的玉饰。据《列仙传》说，郑交甫在长江、汉水交流处的江边，遇见江妃二女，产生爱慕之情，但不知她们是神女。他请求她们送他环佩，她们果然解下送他。他放在怀里，走了几十步，发现环佩不见了；回头一看，二女也不知去向。阮籍在这诗中只取他们邂逅相悦的情节，借题发挥，并不全用其事。　④ 婉娈：美好可爱。　⑤ 猗靡：形容情意缠绵。　⑥ 倾城：形容女子惊人美貌。汉代李延年作歌："北方有佳人……一顾倾人城。"是说绝代美女回头一看，能使城里所有人为之倾倒。迷下蔡：也是形容女子极美。宋玉《登徒子好色赋》说，东邻有个女子，"嫣然一笑，惑阳城，迷下蔡"，使这两个城邑的人们都迷惑于她的美丽。　⑦ 中肠：衷肠，衷心。　⑧ 感激：感情的激发，指爱情。　⑨ 萱草：相传是一种忘忧草。《诗经·卫风·伯兮》："焉得谖草（同'萱草'），言树之背。"是说闺妇因思念丈夫而极其忧愁，想在堂屋台阶下种植萱草来解除愁苦。这里用来表示愁思之深。兰房：指神女居室，"兰"形容清香。　⑩ 膏：油脂。沐：洗发。"膏沐"是说洗发抹油，梳妆整容。施：做，指梳妆。《诗经·卫风·伯兮》："自伯之东，首如飞蓬，岂无膏沐？谁适为容？"意思是说，丈夫出门后，思妇便懒于梳妆了。这句用它的意思。　⑪ 雨（yù）：下雨。《诗经·卫风·伯兮》："其雨其雨，杲杲（gǎo）出

日。"意思是事与愿违,盼望下雨,却偏偏出了太阳。这句用它的意思。　⑫金石交:像金石般坚固的交情。

翻译

　　那两位神女在长江岸边游玩,
　　多么自在,神态像顺风翱翔。
　　郑交甫怀抱神女赠送的环佩,
　　多么美好,情意有醉人芳香。
　　当缠绵时刻,两情欢乐相爱,
　　郑交甫信誓旦旦:永不相忘。
　　倾城姿色,当然能迷惑整个下蔡,
　　他爱神女的美貌,原本出自衷肠。
　　爱情的激发使神女忧伤思念,
　　她们把忘忧草种在清香闺房。
　　离开了他,为谁去梳妆打扮?
　　等他不来,像盼雨偏出太阳!
　　怎么当初金石般坚固的交情,
　　一下就变成离绝,令人忧伤!

其三

这首诗以草木的自然盛衰,兴起世事兴亡的感慨,抒写厄运临头的悲愁。有的学者认为它寄托了曹魏亡国之忧。

嘉树下成蹊,　东园桃与李①。
秋风吹飞藿②,　零落从此始③。
繁华有憔悴④,　堂上生荆杞⑤。
驱马舍之去⑥,　去上西山趾⑦。
一身不自保,　何况恋妻子⑧!
凝霜被野草⑨,　岁暮亦云已⑩。

---

① "嘉树"二句:《汉书·李广传赞》载,古谚语:"桃李不言,下自成蹊。"是说桃树、李树并不说话,不会夸耀,只因它们是开花结果的好树,所以人们都来到树下,踩出了一条条小路。此用其意。嘉树:好树。蹊:小路。东园:泛指东面或东家的园子。　② 藿(huò):豆类植物的叶子,古诗文中常用来比喻卑贱物类。句意是说,当秋风摧折低贱草木物类时。　③ 零落:指荣耀的桃树、李树也凋谢枯落。　④ 繁华:指荣华富贵人家。　⑤ 堂:厅堂正屋。荆杞(qǐ):丛生多刺的灌木。这句描写富贵人家没落,住宅成废墟。　⑥ 舍:抛弃。之:指荣华富贵。去:离开。　⑦ 西山:指首阳山,相传是商

末周初的节士伯夷、叔齐隐居处。他们是商代孤竹君的儿子,认为周武王伐纣是臣诛君,以暴易暴,不正义,因而拒绝仕周,后来绝食而死。这里说到西山隐逸,寓有比兴魏、晋易代的意味。趾:山脚。 ⑧"一身"二句:有两种理解:一说,意谓自己性命都保不住,哪里还顾得上妻子儿女;另一说解为自己性命难保而且还要保住家小,所以更加要赶紧隐逸。这里取后说。 ⑨凝霜:霜冻,入冬物候。被:覆盖。野草:田野草木。 ⑩岁暮:年终时节。亦云已:表示即将完了,有无奈语气,略同于"就这样了""也就快了"的意思。

翻译

好树的下面形成了游人的小路,
东园的桃树、李树有这大好运气。
但当秋风吹落豆叶飘飞的时节,
桃李零落的厄运也就从此开始。
人间繁华同样要变得憔悴枯萎,
高大堂屋里也会生长杂树荆杞。
赶快鞭马离开吧,抛弃这繁华,
离开吧,奔向西山脚下去隐逸。
连自己的性命安全都不能保住,
何况还要恋念妻子儿女的生息。
凝冻的寒霜已经覆盖田野荒草,
这一年的终了只不过如此而已。

咏怀诗(八十二首选三十六)

其四

这首诗借自然现象,用比兴手法,说明了人生短促,富贵无常,人不是长生不老的神仙。颇有哲理意味。

天马出西北, 由来从东道①。
春秋非有托②, 富贵焉常保③?
清露被皋兰④, 凝霜沾野草⑤。
朝为美少年, 夕暮成丑老。
自非王子晋⑥, 谁能常美好!

---

① "天马"二句:《汉书·礼乐志》载《汉铙歌十八章·天马歌》说,"天马徕,从西极……径千里,循东道"。此用其事起兴,寓意万事都有一定的必然的规律,就像天马出产在西北,而要从西到东来,有一条必经之路一样。 ② 春秋:比喻岁月流逝。托:停止。一本作"讫",似可从。 ③ 焉:怎能。 ④ 皋兰:水边兰草。 ⑤ 沾:附着。沾野草:形容入冬天气。 ⑥ 王子晋:古仙人名。传说是周灵王太子,名晋,好吹笙作凤鸣,被道士浮丘公接引上嵩山。后骑白鹤在缑山顶上,辞别世人,升天成仙。

翻译

名贵的天马出产在遥远的西北,
从西来东,总要经过必由之道。
春秋岁时的迁移,不会有终止,
人生的富贵,又怎能永世常保?
春天,清露披盖着水边的秀兰;
秋冬,凝霜便沾附田野的荒草。
早晨,一个人看来是美好少年;
晚上,这个人竟变得又丑又老。
平常人当然不是成仙的王子晋,
人世间有谁个能永葆青春美好!

其五

　　有的学者认为这首诗的寓意是悔恨自己政治不慎,误入仕途,失身做了司马氏擅政下的官。

平生少年时①，　轻薄好弦歌②。
西游咸阳中③，　赵、李相经过④。
娱乐未终极⑤，　白日忽蹉跎⑥。
驱马复来归⑦，　反顾望三河⑧。
黄金百镒尽⑨，　资用常苦多⑩。

北临太行道， 失路将如何⑪！

---

① 平生：这一生。　② 好(hào)：喜欢。弦歌：弹琴唱歌。　③ 咸阳：秦代都城，汉代繁华都会，在今陕西咸阳东北。　④ 赵、李：赵家和李家，指汉代著名歌舞之家，如汉武帝宠姬李夫人、汉成帝皇后赵飞燕都是歌舞伎艺的乐工家庭出身。也有学者从"轻薄"着眼，认为指汉代佞幸宠臣，如武帝时的李延年（即李夫人之兄）、文帝时宦官赵谈，或认为指著名游侠如赵季、李款。相经过：结交来往。　⑤ 终极：到头，意谓玩够。　⑥ 白日：喻时光。蹉跎：时光虚掷，白白耽误。　⑦ 来归：来到回家的路途。　⑧ 反顾：回头看。三河：指河东、河内、河南。三河，先后曾为唐尧、夏代、周代的都城地区，在天下的中心（见《史记·货殖列传》）。这里用来指天下中心的都城。一说，阮籍家乡陈留在秦代属三川郡，这里的"三河"称三川郡，指阮籍家乡所在。此说亦通。　⑨ 镒(yì)：古代重量单位，一镒二十四两。一说，二十两。　⑩ 资用：指在咸阳的花费。　⑪ "北临"二句：用《战国策》所载"南辕北辙"故事。说在太行山的驿道上，有人要到南方的楚国去，但他的马车却朝北走。问他为什么到南方去而要朝北走，他的理由是我有良马，钱财也多，又很会驾驭车马。这个故事后来用作背道而驰的成语。这里也是这个用意，所以说迷了路又怎么办呢？失：迷失。

翻译

回想我一生中那些年青的时候,

曾轻浮浅薄,爱轻歌曼舞,追欢逐乐。

我曾离家西游,来到繁华都城,

跟赵、李二家子弟打得火热。

何曾想过快活的日子会有尽头,

宝贵的年华竟让我白白地耽搁。

乘马驱车,我又来到回去的路,

转过头来再望一望王城"三河"。

唉,黄金百镒转眼荡尽,

资用豪奢,常使我心酸苦涩。

我像太行道上那南辕北辙之人,

走错了道路,谁知那结果如何!

其六

这首诗称叹秦朝东陵侯邵平在秦亡后卖瓜为生的故事,表露出诗人愿在乱世隐居、布衣终身的心情。

昔闻东陵瓜①,　近在青门外②。

连畛距阡陌③,　子母相钩带④。

五色曜朝日⑤， 嘉宾四面会⑥。

膏火自煎熬⑦， 多财为患害。

布衣可终身⑧， 宠禄岂足赖⑨！

---

① 东陵瓜：《史记·萧相国世家》载，秦代末年的东陵侯邵平，在秦灭后沦为平民，生活贫困，汉初在长安城东种瓜，瓜美，人称东陵瓜。　② 青门：汉代长安城东边靠南的第一个城门是霸城门，当时俗称青门。　③ 连畛（zhěn）：界限自相连接，犹如说范围。此指瓜田范围里。阡陌：田间小径。距阡陌：以阡陌为距，即谓田间小道把瓜田间隔成块。　④ 子母：形容瓜蔓上生长的大瓜、小瓜。　⑤ 五色：形容瓜色斑斓。一说古代吴、越有五色瓜，这里借以形容瓜美。曜：同"耀"。朝日：朝阳。　⑥ 嘉宾：谓亲朋好友。四面：从各处来。会：聚集。　⑦ 膏：油脂。火：点燃。《庄子·人间世》说："山木自寇也，膏火自煎也。"意谓山上长了树木，使自己被掠夺；油脂可以点燃，使自己遭煎熬。此用其意，以比兴下句。　⑧ 布衣：古代平民穿麻布衣服，故称。终身：这里是说这一辈子可得善终。　⑨ 宠禄：皇帝的恩宠和官宦的荣禄。赖：依靠。

翻译

从前我听说过鲜美的东陵瓜，

瓜田很近，就在长安东门外。

一大片瓜田由阡陌小道隔开,
大瓜、小瓜像母子般串连起来。
瓜色斑斓,在朝阳光下闪耀,
客人们从四面八方前来聚会。
油脂点火,是自己煎熬自己,
贪婪财富,给自家造成祸害。
做个平民可以平静度过一生,
恩宠和荣禄怎值得仗恃依赖!

其八

这首诗抒写自己安于卑位,不求显贵,感慨当时权贵显宦热衷虚名,一味求进,不知归宿,前途可悲。有的学者认为这首诗讽劝曹魏齐王曹芳时执掌朝政大权的曹爽等人。他们当时都是有名的才士,后来都被司马懿夷灭。而阮籍当时则托病辞绝出任参军,归居乡里。

灼灼西颓日①,　余光照我衣。
回风吹四壁②,　寒鸟相因依③。
周周尚衔羽④,　蛩蛩亦念饥⑤。
如何当路子⑥,　磬折忘所归⑦!

岂为夸誉名⑧？　憔悴使心悲⑨。
宁与燕雀翔，　不随黄鹄飞⑩。
黄鹄游四海⑪，　中路将安归⑫！

---

① 灼灼：形容颜色火红。西颓日：落日。　② 回风：旋风。　③ 相因依：因避风求暖而前来依靠。　④ 周周：传说的一种鸟名，头重，尾巴短屈，饮水时会掉进河里，因而互相衔住羽毛在河边饮水。　⑤ 蛩蛩（qióng）：一作"邛邛"，传说的一种兽名。据说，西方有一种比肩兽，名叫蟨，常与邛邛、岠虚（兽名）在一起，为它们觅食甘草。有难时，邛邛、岠虚便背着它逃跑。　⑥ 当路子：指执掌权要的大官。　⑦ 磬：古代一种打击乐器，玉石制，外形轮廓看上去像人在鞠躬，所以古人常用来形容鞠躬有礼。磬折：此处形容官吏贪恋富贵而勤于执礼。忘所归：忘却归宿，指不知引退，不留后路。　⑧ 夸誉名：浮夸的虚名。　⑨ 悲：一本作"非"，则句意谓使我非难"当路子"们的追求。　⑩ "宁与"二句：《史记·陈涉世家》载陈涉语："燕雀安知鸿鹄之志哉！"比喻常人不理解胸怀大志之人。这里反其喻意而用之，是说宁愿跟平常人一起过日子，不跟那些大官向上爬。　⑪ 游四海：比喻黄鹄志高力大，高飞远游。　⑫ 中路：半路，中途。将安归：怎么回家。这句是说自己力小，如果跟黄鹄远飞，则半路飞不动了，也回不了家。

翻译

火红火红的西下的太阳,
还有余辉照射我的衣裳。
旋风吹着我家四面墙壁,
寒鸟飞来跟我作伴依傍。
周周尚且知道衔羽而饮,
蛩蛩也常惦念负蟨觅粮。
为什么那些做官的显贵,
只知鞠躬求进不退出官场!
难道就为了虚夸的名誉?
权和势会使人憔悴心伤。
我宁愿与燕雀一起低翔,
也不跟随黄鹄高飞向远方。
黄鹄当然能够遨游四海,
半道上我乏力怎回故乡!

其九

　　这首诗抒写深秋遥望伯夷、叔齐隐逸的首阳山,在秋寒物候变迁的感受中,寄托着魏、晋易代将临的悲慨。黄节认为,这首诗可能与《首阳山赋》是同时写的,在曹魏高贵乡公正元元年(254年)的秋天,当时"司马昭之心,路人皆知",晋、魏易代的形势如在眉睫。

步出上东门①,　　北望首阳岑②。
下有采薇士③,　　上有嘉树林。
良辰在何许④?　　凝霜沾衣襟。
寒风振山冈,　　玄云起重阴⑤。
鸣雁飞南征⑥,　　鹈鴃发哀音⑦。
素质由商声⑧,　　凄怆伤我心。

---

① 上东门:汉代洛阳城东边北头的城门,称上东门。　② 首阳:即洛阳东北的北邙山,因太阳升起,首先照射北邙山头,故名。伯夷、叔齐并不埋葬这里,但因山名"首阳",所以古人也常望山敬祀伯夷、叔齐。岑:山尖,山头。　③ 采薇士:即指伯夷、叔齐。他们是商代孤竹君之子,认为武王伐讨是以暴易暴的不义之举,所以隐居首阳山下,采薇而食。"薇"是一种野生草本植物,一名巢菜,俗称野豌豆。这句是说伯夷、叔齐埋葬在首阳山下。　④ 良辰:好时光,指实现理想的时代。何许:哪里。　⑤ 玄云:乌云。重阴:重重阴霾。　⑥ "鸣雁"句:寓意是追求温暖。　⑦ 鹈鴃(tí jué):一作"鹈鴂",字通,鸟名,在春分时节开始鸣叫,一说即杜鹃。《离骚》:"恐鹈鴃之先鸣兮,使夫百草为之不芳。"是说报春的鹈鴃鸟如果报早报错了,那

么寒冷气候将摧残草木,开不了花,吐不了香。这里活用其意,是说秋冬到了,鹍鸠鸟发出的是哀鸣,并不报春。 ⑧素质:指雁、鹍鸠等候鸟喜爱阳春温暖的本质。商声:古以五行、五音配季节,秋季的音响属五音中的商声。这句是说,因为候鸟本质喜欢阳春,所以秋天一到,它们就南飞了,哀鸣了。一说,"素质"意为"凋素之质",即谓因凋落而变得质朴。

翻译

我漫步走出洛阳城的上东门,
向北眺望首阳山高高的峰顶。
山下安葬着采薇饿死的高士,
山上长满了郁葱葱的好树林。
美好的辰光究竟在哪里出现?
眼前只见凝霜沾附我的衣襟。
寒风呼啸,振撼着层层山冈;
乌云翻滚,铺盖起阴霾层层。
鸣叫的雁群向南方长征远飞,
报春的鹍鸠发出了悲哀之音。
这哀凋的素质由于秋声肃杀,
那凄怆的情景使我深悼伤心。

其十一

这首诗咏叹战国时代楚国诸王荒淫误国的历史镜鉴,意在讽刺曹魏后期诸帝王的现实悲剧。有的学者认为它针对的是魏主曹芳被司马师废黜的时事。

湛湛长江水,　上有枫树林①。
皋兰被径路,　青骊逝骎骎②。
远望令人悲,　春气感我心③。
三楚多秀士④,　朝云进荒淫⑤。
朱华振芬芳⑥,　高蔡相追寻⑦。
一为黄雀哀⑧,　涕下谁能禁!

①"湛湛(zhàn)"二句:《楚辞·招魂》说:"湛湛江水兮上有枫,目极千里兮伤春心。"抒写长江两岸一派春色引起的伤春之情。这里借来引起对楚国历史的感伤咏叹。湛湛:水清澈。　②"皋兰"二句:《招魂》又有"皋兰被径兮斯路渐","青骊结驷兮齐千乘"语,是说江岸兰草披覆的小路远去渐小,楚王在岸上原野驰骋围猎。这里用来概括当年楚王荒淫作乐情景。皋兰:水边兰草。径路:小路。青骊:黑马。骎骎(qīn):马奔驰很快。　③"春气"句:即《招魂》"目极千里

兮伤春心"意。　④三楚：称古楚国。古称江陵即今湖北荆州市一带为南楚，吴即今江苏苏州市一带为东楚，彭城即今江苏徐州市一带为西楚，合称三楚，概指楚地。秀士：有优秀才识的文士，如下文所说宋玉之类。　⑤朝云：宋玉《高唐神女赋》写巫山神女"旦为朝云，暮为行雨，朝朝暮暮，阳台之下"，随时可应楚王召赴欢会。这里的"朝云"指神女，说宋玉写赋鼓励楚王荒淫作乐。　⑥朱华：红花。"华"同"花"。振芬芳：散发芳香。　⑦"高蔡"句：《战国策·楚策》载，庄辛谏楚襄王警惕亡国之危，打比喻说，蔡灵侯荒淫作乐，田猎高蔡，结果遭到袭击，作了亡国囚徒，就像黄雀整天在大树上遨游，不知王孙公子正用弹弓射击它。这里用这故事隐喻魏主荒淫，不计后果。高蔡：今湖南常德市。　⑧黄雀哀：即上句所说黄雀被暗算而灭亡的悲哀。

翻译

清澈清澈的长江流水呵，
两岸种满一行行枫树林。
江边的兰草披覆着小路，
江岸上大青马拉车驰骋。
远望这般情景令人悲伤，
春天的气候会触痛人心。
楚国有过多少优秀才士，
却赋咏神女劝楚王荒淫。

咏怀诗（八十二首选三十六）

朱红的鲜花散发着芳香,
襄王在高蔡把淫乐追寻。
一旦酿成黄雀式的苦酒,
流泪也止不住阴谋野心!

其十二

  这首诗咏叹战国时代两个善于固宠的诸侯男宠,在诗人盛词赞美他们青春美艳和忠贞君王的爱情之中,有皮里阳秋的讽刺彰显在言外。有的学者认为这首诗讽刺司马懿受魏文帝、明帝两世重托,深蒙厚恩,却不如这两个诸侯男宠;有的认为这首诗讽刺当时一些效劳司马氏的文臣,自诩忠于王室,实际却谋图私利,与这两个男宠一样。

昔日繁华子①,　安陵与龙阳②。
夭夭桃李花,　灼灼有辉光③。
悦怿若九春,　磬折似秋霜④。
流盼发姿媚⑤,　言笑吐芬芳。
携手等欢爱⑥,　宿昔同衣裳⑦。
愿为双飞鸟,　比翼共翱翔⑧。
丹青著明誓⑨,　永世不相忘。

① 繁华子:春花般美盛的人。　② 安陵:楚恭王男宠,名缠,封安陵君。他听江乙的劝告,知道"以色事人者,华落则爱衰",以致宠幸不长,所以用心计固宠。有一次楚恭王出猎,一兕被射死在车下。恭王问缠:"我死后,你跟谁生活?"缠哭泣地说:"你死,我殉身。"恭王立即封他三百户食邑。龙阳:战国时魏王男宠,封龙阳君。有一次,他钓鱼钓得十几条,就抛弃了,并且哭了。魏王问他为什么。他说,他先钓得鱼时很高兴,钓多了,就想把先钓的鱼抛弃。因此他想到自己也像鱼一样,被魏王钓得。天下美女很多,现在自己也快像先钓得的鱼一样,要被抛弃了。魏王听后,便下令:谁敢再进言美女,灭族。　③ "夭夭"二句:《诗经·周南·桃夭》以"桃之夭夭,灼灼其华"一句,兴起女子及时出嫁。这里用来形容安陵君、龙阳君青春美貌,为诸侯宠幸。夭夭:美艳。灼灼:颜色火红。　④ "悦怿(yì)"二句:是说他们被君王喜爱,生活像阳春般美好,但却故意卑恭屈折,仿佛受秋霜摧残。这是指他们固宠的诡谲行为。悦怿:喜爱。九春:阳春。磬折:像磬似折腰。见前《其八》注。　⑤ 流盼:目光流转顾盼。姿媚:姿色可爱。　⑥ 等:彼此一样。　⑦ 宿昔:夜晚。同衣裳:谓同床共被。　⑧ 比翼:并肩展翅。　⑨ 丹青:丹砂和碇青,古代用以在竹帛上书画,等于说"白纸黑字"。著:著录,写下。明誓:清白的誓言。

咏怀诗(八十二首选三十六)

翻译

从前有两个春花般美男子：
楚国的安陵与魏国的龙阳。
娇美妖艳就像桃花和李花，
光彩夺目的容颜焕发红光。
君王宠爱使他们春暖花开，
他们却卑恭得像遭遇秋霜。
眼波顾盼愈显出姿色妩媚，
言谈欢笑吐露着醉人芳香。
白天与君王携手你欢我爱，
夜晚伴君王休息同被共裳。
愿望和君王变为一双飞鸟，
并肩展翅在天空任情翱翔。
要用丹青写下对天的誓言：
相亲相爱永生永世不相忘！

其十三

　　这首诗感慨权要显贵追求功名利禄的欲望太多，生不得满足，死也不能觉悟，所以常抱怨恨；赞扬贤者守志持节，求仁得仁，生死如一。

登高临四野，　　北望青山阿①。
松柏翳冈岑②，　　飞鸟鸣相过③。
感慨怀辛酸，　　怨毒常苦多④。
李公悲东门⑤，　　苏子狭三河⑥。
求仁自得仁，　　岂复叹咨嗟⑦！

---

① 阿：山角。一说是大陵，大土山，则指坟山。　② 松柏：古时坟地多植松柏。翳：遮蔽，形容松柏很多。　③ 相过：前来过访。　④ 怨毒：很深的怨恨。　⑤ 李公：指秦始皇的宰相李斯。秦二世即位，赵高擅权，李斯被处死。他是上蔡人。临刑时，他对儿子说："我想要再和你一起牵着黄狗出上蔡东门外去，不可能了。"悲叹自己连父子游猎的生活也丧失了。　⑥ 苏子：指战国时纵横家苏秦。他游说六国联合抗秦，充任六国联盟宰相，身佩六国印，显赫得意，轻视当时周天子国，觉得狭小不足以实现他的志气抱负。三河：见前《其五》注。战国末叶，两周徒有天子之名，领地狭小，所以苏秦觉得"三河"狭小。　⑦ "求仁"二句：《论语·述而》载孔子答子贡问，认为伯夷、叔齐是古代贤人，他们绝食而死是"求仁而得仁"，所以不怨。这里用来与李斯、苏秦的不满相比，认为李斯、苏秦的怨恨不满都由追求富贵而来，如果能像伯夷、叔齐一样求仁义，则即使为仁义而死，也是死而无怨的。叹咨嗟：一味地唉声叹气。

咏怀诗（八十二首选三十六）

翻译

我登高俯看着四周的郊野,
向北眺望那青山角角落落。
松树柏树遮蔽着冈峦坟丘,
飞鸟鸣叫着前来探问一过。
我感慨纷纷,满怀着辛酸,
世俗的怨恨不满,实在太多。
李斯临刑叹不能再游东门,
苏秦得志嫌三河不够开阔。
贤人伯夷叔齐求仁而得仁,
他们难道还会去叹息啰唆!

其十四

  这首诗模拟游子口吻,写初秋物候引起时变之忧,觉得他乡孤独无聊,便决心回乡。它显然寄托了政治变动的忧愁,表露着归隐的意向。

开秋兆凉气①,　蟋蟀鸣床帷②。
感物怀殷忧③,　悄悄令心悲④。
多言焉所告⑤?　繁辞将诉谁⑥?
微风吹罗袂⑦,　明月耀清晖⑧。

晨鸡鸣高树，　　命驾起旋归⑨。

---

① 开秋：秋天开始，指初秋。兆：征兆，指季节的物候。　② "蟋蟀"句：古代蟋蟀行迹为气候变换的一种物候迹象。《诗经·豳风·七月》："十月蟋蟀，入我床下。"帷：帐子。　③ 殷忧：深切的忧愁。　④ 悄悄：忧愁的样子。《诗经·邶风·柏舟》有"忧心悄悄，愠于群小"语，是说心怀忧愁，因为气恼那群小人。此用其意。　⑤ 焉：哪里。所告：告诉的地方。　⑥ 繁辞：即多言，许多话语。"多言""繁辞"都是指"殷忧""悄悄"而言。　⑦ 袂（mèi）：衣袖。　⑧ 晖：同"辉"。　⑨ 命驾：命令套车。旋归：掉头回家。

翻译

初秋的征兆是寒凉的天气，
蟋蟀的鸣声在床帐里响起。
物候的感触使我满怀深愁，
悄悄的深愁令人内心悲凄。
许多议论不知到哪里上告？
纷繁辞语又能够倾诉给谁？
微风吹动着我的罗绸衣袖，
明月照耀出它的清亮光辉。
报晓的雄鸡在高树上啼叫，

咏怀诗（八十二首选三十六）

我喝令套车就起身把家回。

其十五

这首诗自述志向转变:本来崇儒,安贫乐道;如今觉悟,看破人生,轻蔑荣名,理解神仙的超脱,不受礼法的束缚。有的学者认为这首诗不仅表达轻荣名,而且有重长生的思想。

昔年十四五,　　志尚好《书》《诗》①。

被褐怀珠玉②,　　颜、闵相与期③。

开轩临四野④,　　登高望所思⑤。

丘墓蔽山冈⑥,　　万代同一时⑦。

千秋万岁后⑧,　　荣名安所之⑨!

乃悟羡门子⑩,　　噭噭令自嗤⑪。

① 尚:推崇。《书》:《尚书》。《诗》:《诗经》。这句是说自己少年时爱读儒家经典。　② "被褐"句:《老子》有"圣人被褐怀玉"语,是说圣人身披布衣,胸怀高尚,这里用来表示儒家安贫乐道的志向情操。褐:麻布衣服。珠玉:比喻道德高尚。　③ 颜:指颜回。闵:指闵子骞。两人都是孔子的得意门生,安贫乐道的典范人物。期:期望。　④ 轩:厅堂外走廊的门窗。　⑤ 所思:思念的人,即指颜、闵

之类。　⑥丘：坟。　⑦代：一本也写作"世"，可从。同一时：是说世世代代的人都不免一死，这时不同的人都一样了。一说，世世代代的人在死后就变成同一个时代的人，因为人死后便无时代区分了。"时"解为"时代"。　⑧千秋万岁：千万年，极言久远。　⑨荣名：荣禄名位。之：往，到。　⑩悟：一本作"怏"，通"娱"，觉得愉快。羡门子：传说中的仙人。　⑪嗷嗷（jiào）：同"叫叫"，大喊大叫。自嗤：自我嗤笑。

翻译

从前，当我十四五岁的时候，
志向崇尚是爱好《尚书》《诗经》。
真可谓身披麻布衣，心怀道德高，
我期望跟颜回、闵子骞比美齐名。
如今我打开窗户，面对四周原野，
登高远望我心中思念的这些古人。
只见一丘丘坟墓遮蔽一条条山冈，
发现千万代人都一样要埋葬入坟。
他们都去世了，过去了千年万年，
哪里还看得见他们生前荣禄名分？
于是我领悟了羡门子的神仙追求，
不禁大叫起来，嗤笑今日的"愚蠢"。

其十六

这首诗用比兴手法,写秋冬之交在蓬池所见景象,抒发气候变化的感伤,寄托对时政混乱、士人无节的忧愤。有的学者认为这首诗也是针对司马师废黜魏主曹芳的政变的,这事发生在正元元年(254年)九月、十月之间。

徘徊蓬池上①,	还顾望大梁②。
绿水扬洪波,	旷野莽茫茫③。
走兽交横驰,	飞鸟相随翔。
是时鹑火中④,	日月正相望⑤。
朔风厉严寒⑥,	阴气下微霜。
羁旅无俦匹⑦,	俛仰怀哀伤⑧。
小人计其功,	君子道其常⑨。
岂惜终憔悴⑩,	咏言著斯章⑪。

① 蓬池:古沼泽名,战国时在魏国都城大梁东北。 ② 大梁:今河南开封市。 ③ 莽:原野荒草,此指蓬池水草荒原。 ④ 是时:这时。鹑火:古二十八宿的南方七宿称朱鸟,朱鸟的第三宿柳宿、第四宿星宿、第五宿张宿合称鹑火,是古时指示季节的星标。中:正中。

鹑火运行在南方星空正中时,为农历九月、十月之交。　⑤"日月"句:农历每月十五日,是太阳、月亮正相对的时候。以上二句是说这一天是农历九月十五日。按,《左传》僖公五年载,晋侯包围虢国,问卜偃攻克日期,卜偃回答在"九月、十月之交"的"鹑火中"那天。所以学者多认为这两月用此故事,暗示司马师废主之事。　⑥朔风:北风。　⑦羁旅:作客在外,困于旅途。俦匹:伴侣。　⑧俛仰:同"俯仰",举动上下之间,形容时时刻刻。　⑨"小人"二句:用《荀子·天论》"君子道其常,小人计其功"成句。计:盘算。功:功利。道:遵循。常:规范,法度。　⑩终憔悴:是说君子遵循道德规范,结果失志憔悴。　⑪斯章:这首诗章。

翻译

我在蓬池的湖沼边上独自徘徊,
回头看望了魏国的古都城大梁。
绿黝黝湖水掀起了汹涌的波涛,
空旷原野里是无际的荒草茫茫。
奔跑的野兽乱纷纷地横冲直撞,
空中的飞鸟一群群相跟着飞翔。
这时候鹑火星就在南天的正中,
这一天太阳月亮恰好日夜相望。
北风凶暴地刮来了严酷的寒冷,
阴暗的天气降下了薄薄的冰霜。

咏怀诗(八十二首选三十六)

我困顿在旅途上没有一个伴侣,
俯视仰望都使我满怀悲哀忧伤。
"小人斤斤计较他们的利害得失,
君子总是遵循规矩而行为正常。"
怎能怜惜自己会落得憔悴下场?
我就吟咏起诗歌,写下这一章。

其十七

  这首诗抒写时世混乱,缺乏知己,深感孤独苦闷,异常思念亲友。诗中抒情用赋,讽刺时用比、兴,而浑然一体。

独坐空堂上, 谁可与亲者①。
出门临永路②, 不见行车马。
登高望九州③, 悠悠分旷野④。
孤鸟西北飞⑤, 离兽东南下⑥。
日暮思亲友, 晤言用自写⑦。

---

① 与:相与,跟他。 ② 永路:长长的道路。 ③ 九州:这里是天下的意思。 ④ 悠悠:久远,指历史空间。 ⑤ 孤鸟:指失群的候鸟。 ⑥ 离兽:走散的野兽。东南下:与"西北飞"互文见义,都在寻

找太平栖宿地。这种写法,是为了显出天下混乱。 ⑦晤言:面谈。一说,"言"为语词,无意义,则"晤言"是会面的意思。用:因此。自写:遣发自己的愁闷。

翻译

我独自坐在空空的厅堂上,
谁是我可以跟他亲近的人?
我出门对着长长的道路呵,
看不见一车一马来往行进。
我登高看望天下的山河,
远远只见空旷原野被瓜分。
失群的孤鸟在向西北飞翔,
离散的走兽都朝东南逃奔。
每日黄昏我都很思念亲友,
愿与他们面谈来消除愁闷。

其十九

这首诗抒写作者对一位神女的爱慕、思念和不能跟她接近来往的哀伤。神女的形象寄托着诗人的理想,诗人悲慨自己的理想不能实现。有的学者认为神女影射曹爽,曹爽曾征阮籍为参军,但被他辞绝了。有的认为是影射司马氏,说司马氏虽然器重阮籍,但阮籍始终不愿与他交接。

西方有佳人[①],　**皎若白日光**[②]。
被服纤罗衣[③],　**左右珮双璜**[④]。
修容耀姿美[⑤],　**顺风振微芳**[⑥]。
登高眺所思[⑦],　**举袂当朝阳**[⑧]。
寄颜云霄间[⑨],　**挥袖凌虚翔**[⑩]。
飘飖恍惚中[⑪],　**流盼顾我傍**[⑫]。
悦怿未交接[⑬],　**晤言用感伤**[⑭]。

---

① 佳人:美女。　② 皎:洁白光辉。　③ 被服:穿着。　④ 珮:同"佩",佩带。璜(huáng):半圆形的玉璧,古代佩饰的一种礼器,左右各佩一块,所以称"双璜"。　⑤ 修容:美好容貌。　⑥ 振:散发。微芳:淡淡的香气。　⑦ 所思:思念的人。　⑧ 袂(mèi):衣袖。当:遮挡。　⑨ "寄颜"句:是说她的身姿容颜寄托在高空。　⑩ 凌虚:凌空。　⑪ 飘飖:形容随风飘浮。恍惚:是说诗人好像感觉到。　⑫ 流盼:目光流转顾盼。　⑬ 悦怿(yì):喜爱。交接:交往接触。　⑭ 晤言:面谈。用:因此。

翻译

西方有一位美丽的女子,
皎洁明艳像白天的阳光。
她穿着纤细的绮罗衣服,
双肩佩带两条丝绦玉璜。
美容的光照使姿态更美,
顺风散发她淡淡的芳香。
她登高眺望思念的人儿,
举起长袖遮挡早晨阳光。
她的倩影涌现在云霄里,
挥舞着衣袖在高空飞翔。
我恍惚看到她在飘飘时,
眼波流转,不离我身旁。
我爱慕她而不能接近她,
不能面谈使我感到悲伤。

其二十

  这首诗感慨国家政治的翻覆不定,阴谋欺诈的不易识破,因而士大夫往往无以保持志节。有的学者认为这是针对司马氏篡位阴谋的。

咏怀诗(八十二首选三十六)

杨朱泣歧路①，　墨子悲染丝②。
揖让长离别③，　飘飖难与期④。
岂徒燕婉情⑤，　存亡诚有之⑥。
萧索人所悲⑦，　祸衅不可辞⑧。
赵女媚中山，　谦柔愈见欺⑨。
嗟嗟途上士⑩，　何用自保持⑪！

---

① 杨朱：先秦思想家。有一次，他走过三岔路口，看到前途可以南也可以北，无定难测，于是感到人生悲哀而哭泣起来。　② 墨子：先秦思想家墨翟。有一次，他看见缫出来的素丝洁白，想到它们可以被染成各种颜色，因此觉得世风可悲。　③ 揖让：《孔丛子》有"舜、禹揖让，汤、武用师"语，是说虞舜传位给夏禹是礼让的，而商汤、周武王取天下则是用兵动武的。这里用来指禅位礼让的上古圣代。　④ 飘飖：通"飘摇"，语出《诗经·豳风·鸱鸮》，借禽言以喻人民生活艰难，风雨飘摇。这里用来指乱世风雨飘摇中的人民。　⑤ 徒：只是。燕婉：形容女子安静柔顺。《诗经·邶风·新台》："燕婉之求，籧篨不鲜。"是说女子安顺的追求，却被甜言蜜语的丑类欺骗。旧说《新台》是揭露讽刺卫宣公霸占子媳的丑恶行为。这里用来指欺凌女子的淫欲丑行。　⑥ 存亡：指国家存亡。诚：确实。有之：是说有这类欺诈阴谋。　⑦ 萧索：冷落凄凉，这里形容国家萧条不景气。　⑧ 祸衅(xìn)：祸害争端。辞：推辞，避免。　⑨"赵女"二句：《吕氏春秋·长攻》载，赵襄子阴谋灭亡代国，嫁妹给代君，百般讨好

代君,且亲自去见代君。又请代君观舞,命舞者暗带兵器,用大金斗劝酒。代君酒醉,赵襄子用金斗砸死代君,舞者杀死代君随从,把代国占有。代国在中山国北面,阮籍在这里误记代为中山,所以说"赵女媚中山"。谦柔:是说大国诸侯赵襄子对小国代君态度谦恭温和。见欺:被欺诈。　⑩ 嗟嗟(jiē):重叠叹词,表示极为可叹。途上士:在仕途上求进的士大夫。　⑪ 何用:用什么。自保持:保持自己的志节操守。

翻译

杨朱哭泣,为了歧路的前途莫测;
墨子悲伤,见到染丝的变色无方。
虞舜禅让夏禹的时代永远离去了,
风雨飘摇中的人民很难再抱期望。
难道只是女子的安顺受到了欺骗?
国家存亡中确实也有欺诈的情况。
萧索凄凉是人们都会感到悲哀的,
然而人们还知道避不开祸患灾殃。
赵国利用美女向中山国诸侯献媚,
愈谦恭柔媚愈容易使人受到欺诳。
可叹啊可叹,仕途求进的士大夫,
你们用什么保持自己的节操志向!

咏怀诗(八十二首选三十六)

其二十一

这首诗赞美一位胸怀大志的壮士,决心不惜牺牲,为志业冲刺奋斗。它形象鲜明,情调高亢,慷慨悲壮,志气宏放,在《咏怀诗》中是不多见的一种风格。有的学者认为这首诗可能是赞美陈泰的。司马昭杀害高贵乡公后,把陈泰叫来,问道:"我该怎么办?"陈泰说:"只有杀贾充以谢天下。"贾充是司马昭心腹,杀害高贵乡公的执行者。司马昭不愿杀他,再问陈泰:"能否考虑其他人。"陈泰说:"我只有这个意见,不知其他人。"司马昭不再说什么,陈泰回家就吐血而死。

于心怀寸阴①,　羲阳将欲冥②。
挥袂抚长剑③,　仰观浮云征④。
云间有玄鹤⑤,　抗志扬哀声⑥。
一飞冲青天,　旷世不再鸣⑦。
岂与鹑鷃游⑧,　连翩戏中庭⑨!

---

① 怀寸阴:怀念每寸光阴,表示极珍惜时间。　② 羲阳:一本作"羲和",神话传说羲和是驾驭运载太阳乘车的神,这里即谓太阳。冥:

同"暝",日落黄昏。　③抚:持,按。　④征:行进。浮云征:《楚辞·远游》"载营魄而登霞兮,掩浮云而上征",是说抱灵魂升天,攀浮云上行。此用其意,有离世远游的寓意。　⑤玄鹤:古人以为是老鹤。王逸《九思·悼乱》:"意欲兮沉吟,迫日兮黄昏。玄鹤兮高飞,曾逝兮青冥。"意思是说想要留在人世,但时光垂暮,因此要像玄鹤一样飞上天空。此用其意。　⑥抗志:高尚志节。一作"抗首",则谓高高地抬起头。　⑦"一飞"二句:《史记·滑稽列传》载淳于髡对齐威王说:"国中有个大鸟,三年不飞不鸣,为什么?"齐威王说:"此鸟不飞则已,一飞冲天;不鸣则已,一鸣惊人。"此用其事,但强调"一飞""不再鸣",表示矢志一举的慷慨壮心。旷世:举世无比。　⑧ 鹑鴳(chún yàn):鹑鹑和鴳雀,都是小鸟。　⑨连翩:同"联翩",鸟连续不断地飞翔。中庭:庭院中。

翻译

他的心怀,珍惜每寸光阴;
太阳落山,天色快到黄昏。
他挥动衣袖抚按他的长剑,
抬头望天,观看那浮云行进。
他见云雾里有只苍劲老鹤,
志气昂扬却发出哀鸣声音。
它奋力一飞冲上高高蓝天,
世上至此再也无这般鸣声。

咏怀诗(八十二首选三十六)

鹤怎能跟小鸟在一起游玩,

不断地在庭院里展翅扑腾!

其二十二

这是一首哲理诗。诗中用古代神话和神仙传说,比喻说明人的生死存亡都遵循自然变化的道理,明白这个道理,便可超脱人世而通神游仙。诗末言自己的心思能为神仙信使所了解,则表明"我"是能够通神游仙的。

夏后乘灵舆①,　夸父为邓林②。
存亡从变化③,　日月有浮沉④。
凤凰鸣参差⑤,　伶伦发其音⑥。
王子好箫管⑦,　世世相追寻⑧。
谁言不可见⑨?　青鸟明我心⑩。

① 夏后:夏后氏,夏禹的国号,这里指夏禹之子夏启。《山海经·海外西经》载,启"乘两龙,云盖三层"。灵舆:即指龙一类灵物拉的车。这句是说夏后启生前可以乘龙游天。　② 夸父:神话人物,传说他追赶太阳,力尽渴死,手杖化为邓林(即桃树林)。这句是说夸父死后变为异物。以上两句寓意是说,人的生死遭遇各不相同。　③ 存

亡：指人的生死存亡。从：遵循。变化：指自然变化。 ④ 浮沉：升起和没落。 ⑤ 参差：是说凤凰鸣声有高低抑扬的变化，并不单调一律。 ⑥ 伶伦：传说中黄帝时的乐师，黄帝派他制定音律，创造了可以奏出凤鸣声的洞箫。 ⑦ 王子：见前其四注。 ⑧ "世世"句：是说后来世世代代人都追求成仙。 ⑨ 不可见：见不到神仙。 ⑩ 青鸟：神话中的仙鸟，传说是西王母的侍者，曾为西王母作使者，传信给汉武帝。这里用作神仙信使。

翻译

夏代天子启乘着神灵车驾游玩，
夸父追赶太阳而身死化为桃林。
人的生死存亡都遵从自然变化，
永恒的太阳月亮也有上升下沉。
凤凰的鸣声动听而有抑扬高低，
伶伦创造箫管发出它们的声音。
仙人王子晋爱吹箫管有如凤鸣，
世代人们都在追寻着他的踪影。
谁说神仙的美妙身姿不能遇见？
西王母的青鸟天使就明了我心。

其二十五

这首诗感慨谗言中伤,使志士不遇,岁月蹉跎,但诗人相信时势终将变化,无须恐惧叹息。有的学者认为这是针对司马氏的爪牙钟会之流的。钟会曾谗害嵇康,也曾企图陷害阮籍,但因阮籍谨慎而得以避祸。

拔剑临白刃①, 安能相中伤②!
但畏工言子③, 称我三江旁④。
飞泉流玉山⑤, 悬车栖扶桑⑥。
日月径千里⑦, 素风发微霜⑧。
势路有穷达⑨, 咨嗟安可长⑩!

---

① 临:面对。白刃:锋利的兵刃,指敌人的武器。 ② 安:怎么。相中伤:被暗害受伤。 ③ 工言子:巧言善辩的先生,指礼法之士的伪君子。 ④ 称:夸奖。三江:指长江下游众多支流,这里指三国孙吴地区。史载,司马师东征孙吴,心腹钟会从征,掌管机密。所以前人多认为"三江旁"即谓在东征的司马师身旁进谗的钟会。 ⑤ 飞泉:瀑布。玉山:传说是西王母居住地方,这里用来表示极西的地方,意味着日月落山处。 ⑥ 悬车:神话传说,驾驭太阳乘车的羲和在悲

泉停车休息,称为"悬车"。栖:息。扶桑:神话传说是太阳升起的地方,在东海里,上有树木名扶桑,太阳升起时拂着它的树枝。这里用来表示极东的地方。　⑦ 径:经过。径千里:承上二句,意谓日月从东到西,一走便是千里远的距离,表明时光流转极迅速。　⑧ 素风:秋风。　⑨ 势路:指势力消长的发展道路。穷达:穷途不通和腾达畅通,即谓沦落和得意。　⑩ 咨嗟:唉声叹气,指人们不识势路穷达的道理,反而自叹无能。长:长久,指寿命长短。

翻译

假使当面拔剑进行白刃的格斗,
怎么可能使我受到暗害的创伤?
就只怕那些巧言善辩的先生们,
在那三江的岸旁无端把我夸奖。
瀑布飞泉从西王母的玉山流下,
羲和停车休息在东海上的扶桑。
日月的运行一走就是千里之遥,
秋风吹来就凝冻了薄薄的冰霜。
势力消长的道路有穷途有通达,
总对它唉声叹气怎能生活久长!

其三十一

这首诗咏叹战国时魏国诸侯荒淫作乐,导致亡国的历史悲剧,感慨曹魏重蹈覆辙的现实趋势。有的学者认为这首诗针对魏明帝末年歌舞荒淫而造成亡国于权奸的当朝悲剧。

驾言发魏都①,　南向望吹台②。
箫管有遗音③,　梁王安在哉④!
战士食糟糠,　贤者处蒿莱⑤。
歌舞曲未终⑥,　秦兵已复来⑦!
夹林非吾有⑧,　朱宫生尘埃⑨。
军败华阳下⑩,　身竟为土灰⑪。

---

① 驾:赶车。言:语词,无意义。魏都:指战国时魏国都城大梁,今河南开封市。　② 吹台:又名繁台、范台,魏王宴乐的地方,遗址在今开封市东南。　③ 箫管:喻宴游的音乐。"遗音"句:是说好像保留着当年音乐的韵味。一说,那些乐曲流传下来了。　④ 梁王:即魏王。安在哉:是说魏王早已去世,魏国久已灭亡。　⑤ "战士"二句:追述魏国灭亡的原因。糟糠:酒糟糠秕。蒿莱:喻草野,表示境遇贫困。　⑥ 曲未终:是说魏王还在歌舞宴乐的时候。　⑦ 秦兵:秦国

攻打魏国的军队。 ⑧夹林：吹台中的一处苑林。吾：模拟魏国口吻。 ⑨朱宫：指吹台宫殿。生尘埃：变为荒芜废墟。 ⑩华阳：在今河南新郑东。史载，公元前273年，魏安釐王攻伐韩国华阳，秦军救韩，大败魏军在华阳山下，魏王割地南阳以求和。 ⑪"身竟"句：曹操《龟虽寿》："神龟虽寿，犹有竟时；腾蛇乘雾，终为土灰。"是说万物难免一死。此用其语，是说魏王终于身死国亡，名灭青史。

翻译

我驾车出发前往魏国的古都，
向南眺望曾为歌舞地的吹台。
我好像听见当年箫管的余声，
但昔日的梁王如今却又何在？
他让战士用酒糟糠秕当粮食，
他让贤才生活在草野受埋汰。
他荒淫歌舞连一曲还没演完，
秦国军队已经再次攻进城来。
夹林不是我们魏国的苑林了，
宫殿变得荒芜冷落堆满尘埃。
魏军被秦兵击败在华阳城下，
这梁王终于身败名裂成土灰！

咏怀诗（八十二首选三十六）

其三十二

　　这首诗咏叹时光易逝,自然而然,天道永恒;人生短促,不必悲哀,无须伤感。诗末借楚辞中渔父的故事,表明诗人对渔父的评价:渔父真正懂得世间的忧患,所以他随着水流,摇动轻舟,自在生活。自己愿意像渔父一样处世,超脱而求仙,避乱而隐逸。有的学者认为诗中有诗人"不为魏死,耻与晋生"的政治寄托。

朝阳不再盛①,　　白日忽西幽②。
去此若俯仰③,　　如何似九秋④?
人生若尘露⑤,　　天道邈悠悠⑥。
齐景升丘山,　　涕泗纷交流⑦。
孔圣临长川,　　惜逝忽若浮⑧。
去者余不及⑨,　　来者吾不留⑩。
愿登太华山⑪,　　上与松子游⑫。
渔父知世患,　　乘流泛轻舟⑬。

---

① 不再盛:是说朝阳每天只有一次,不兴起两回。　② 白日:光明的太阳。忽:很快。幽:沉没无光。　③ 去:离开。此:指一天时间。

俯仰:一俯一仰,形容短暂。　④ 九秋:九个年头。一说,秋季九十天。　⑤ 尘露:尘土和露水,喻轻微而短促。　⑥ 天道:指大自然存在和发展的规律。逸悠悠:长远而悠久,形容永恒无穷。　⑦ "齐景"二句:《晏子春秋·内篇谏上》载,齐景公游牛山(在今山东淄博市临淄区南,是齐桓公墓地所在),北面对着都城,流泪伤心地说:"怎么就离开这样大的国家而死了呢!"丘山:指牛山。丘,坟。涕泗:眼泪横流。　⑧ "孔圣"二句:《论语·子罕》载,孔子在河水边说:"逝者如斯夫,不舍昼夜。"是说时光像流水一样,日夜不停地流逝。孔圣:指孔子。长川:长河。惜逝:惋惜时光流逝。忽:很快。浮:轻快得像水上浮物一样。以上四句举齐景公、孔子两人对人生、时光的态度虽有不同,但在看重二者这点上,却相同。　⑨ 去者:指过去的岁月。不及:赶不上,无法挽回。　⑩ 来者:指未来的时光。不留:不挽留,任其自然流逝。　⑪ 太华山:即西岳华山,在陕西华阴市南。　⑫ 松子:仙人赤松子,传说是神农氏的雨师,曾住在华山。　⑬ "渔父"二句:《楚辞·渔父》载,屈原流放中遇见一位渔翁,劝说他不妨随波逐流,不必流放自苦。屈原不听,表示要至死坚持志节。渔父便笑着"鼓枻而去"。

翻译

朝阳不会在一天照耀两回,
白日很快就要西沉而无光。
过一天像低头、抬头般短促,
怎么把一天看成九秋般长?

咏怀诗(八十二首选三十六)

人生的轻微恰如尘埃露水,
天道却那样遥远而又悠长。
齐景公登临牛山想起了死,
悲哀得眼泪鼻涕纷纷流淌。
孔圣人面对长河感伤人生,
惋惜时光飞快地流逝飘荡。
过去的日子我已赶不上了,
未来的岁月不能留住不放。
我愿攀登那高高的太华山,
上天去跟赤松子交游来往。
那位渔父知道人世的忧患,
他就随波逐流把轻舟荡漾。

其三十三

　　这首诗抒写心中极端压抑苦闷的情绪,诉说险恶的环境时刻威胁生命,不得不极其谨慎小心。

一日复一夕，　一夕复一朝①。
颜色改平常②，精神自损消。
胸中怀汤火③，变化故相招④。
万事无穷极⑤，知谋苦不饶⑥。
但恐须臾间⑦，魂气随风飘⑧。

终身履薄冰⑨，谁知我心焦！

---

① 一朝:一个早晨。　② 颜色:容颜神色。改平常:变得跟平常不一样。　③ 汤火:沸水和烈火。　④ 变化:指世间事态变化。相招:前来招我。此句连上句是说,因为我心中焦急,所以世事变化都使我的容颜精神变得憔悴,这是自己招惹来的。　⑤ 万事:指世间万事。　⑥ 知谋:智慧计谋。苦不饶:苦于不多。　⑦ 须臾:片刻,指一不小心的片刻之间。　⑧ "魂气"句:形容死去。　⑨ 履薄冰:走在结了薄冰的水面上,形容极其危险。语出《诗经·小雅·小旻》:"战战兢兢,如临深渊,如履薄冰。"

翻译

过了一个白天又要度一个夜晚，
度过一个夜晚又来了一个清早。
我的脸色变得跟平常大不相同，
我的精神自然就一天天地损耗。
胸膛里好像怀抱着热汤和烈火，
所以身外世事变化都把我来找。
人间万事多端，变化无穷无尽，
我的智慧计谋不多，实在苦恼。
就只怕不知哪一天的那一刹那，

咏怀诗（八十二首选三十六）

一命呜呼,灵魂精气随风飞飘。
我这一辈子始终像走在薄冰上,
有谁知道我的心里火烧火燎!

其三十八

这首诗赞美一代开国的英雄豪杰,表彰他们建功立业,富贵荣耀的丰功伟绩。诗人认为,即使庄子不计荣枯,身死弃野,而自视旷达,以为自然,但跟这样的"雄杰士"比较,也有所不及。全诗收束有力,意在言外,耐人寻味。

炎光延万里①,　洪川荡湍濑②。
弯弓挂扶桑③,　长剑倚天外④。
泰山成砥砺,　黄河为裳带⑤。
视彼庄周子,　荣枯何足赖!
捐身弃中野,　乌鸢作患害⑥。
岂若雄杰士,　功名从此大⑦!

---

① 炎光:火热阳光。延:遍及。万里:喻广阔大地。　② 洪川:大江大河。荡:扫平的意思。湍(tuān):急流的水。濑(lài):激流的水。"湍濑"形容泛滥,比喻天下大乱。　③ 扶桑:见前《其二十五》注。

这里指扶桑树。 ④"长剑"句:用传为宋玉所作《大言赋》"长剑耿介倚天外"语。倚:靠。 ⑤"泰山"二句:是说要使泰山成为磨剑石,黄河成为衣带,使国家永远安宁,国运长久,将功德传给子孙后代。砥砺:磨刀石。 ⑥"视彼"四句:《庄子•列御寇》载,庄子将死,弟子打算厚葬。庄子说:"吾以天地为棺椁,以日月为连璧,星辰为珠玑,万物为赍送。"认为裸葬弃野,本具备极为丰厚的葬物,不必人为厚葬。弟子担心乌鸦禽兽啄食他的尸体。他说,葬在地上"为乌鸢食",埋在地下"为蝼蚁食","夺彼与此,何其偏也?"认为埋葬在地上或地下,都不免被食,差别只在让谁啄食。此四句即指其事。庄周子:等于说"庄周先生",即指先秦道家思想家庄子,名周。荣枯:指个人的荣耀和沦落。赖:依靠。捐:抛弃。中野:荒野里。鸢(yuān):老鹰。 ⑦此:指死后。句意是说,庄周在死后被啄食,而英雄豪杰死后功名愈益发扬光大。

翻译

火热的阳光照遍万里大地,
大江大河平服了急流长濑。
弯弯的硬弓挂在扶桑树上,
长长的利剑靠在九天之外。
泰山是英雄们磨剑的砥石,
黄河是豪杰们束腰的衣带。
看看那位旷达的庄周先生,

咏怀诗(八十二首选三十六)

繁荣枯萎有什么值得依赖。
把自己的尸体抛弃在荒野,
让乌鸦老鹰飞来啄食损害。
他哪里能与英雄豪杰相比,
英声美名在身后光大起来!

其三十九

　　这首诗热情赞扬忠义爱国的壮士发扬国威,从军出征,英勇牺牲,流芳百世。诗末点明贵忠义、垂令名、重气节的旨意,全篇流动着一股慷慨激昂的正气,读之令人奋发。

壮士何慷慨,　志欲威八荒①。
驱车远行役②,　受命念自忘③。
良弓挟乌号④,　明甲有精光⑤。
临难不顾生⑥,　身死魂飞扬。
岂为全躯士⑦?　效命争战场⑧。
忠为百世荣,　义使令名彰⑨。
垂声谢后世⑩,　气节故有常⑪。

---

① 威:扬威。八荒:海外荒远地方。　② 远行役:到远方服兵役,即

谓从军远征。　③受命:接受王命。念自忘:自然把自己忘掉。　④乌号:古代良弓名。　⑤明甲:光泽发亮的铠甲,古有"明光铠"之称。　⑥临难:面对国家危难。　⑦全躯士:保全身体性命的人。　⑧效命:献出生命。　⑨令名:美名。彰:显扬。　⑩垂声:留传声誉。谢:告诉。　⑪故:同"固",本来。常:一定准则。

翻译

这位壮士多么激昂慷慨,
立志要为国家扬威海外。
他驱车服役从军来远征,
一旦受命便把自我忘怀。
他挟带宝贵的乌号良弓,
又披挂精亮的明光甲盔。
面对国难不顾个人生命,
身死后灵魂也远扬高飞。
怎能做保命全身的战士?
争斗在战场他鞠躬尽瘁。
他的忠诚是百世的光荣,
大义使他美名大放光彩。
他留下的名声告诫后代,
凛然气节固然恒久永昌。

咏怀诗(八十二首选三十六)

其四十三

　　这首诗赞美鸿鹄高举远飞,遁世超逸,而摆脱网罗,流露自己归隐的意向;同时在篇末表示蔑视门阀士族结党营私,矛头所指,比较明显。

鸿鹄相随飞①,　飞飞适荒裔②。
双翮凌长风③,　须臾万里逝④。
朝餐琅玕实⑤,　夕宿丹山际⑥。
抗身青云中⑦,　网罗孰能制⑧?
岂与乡曲士⑨,　携手共言誓!

① 鸿鹄:即天鹅。《史记·陈涉世家》载陈涉所说"燕雀安知鸿鹄之志哉"一语,因多用以喻有大志的人。　② 适:往,到。荒裔:边荒地区。　③ 翮(hé):翅膀。　④ 逝:远去。　⑤ 琅玕(láng gān):神话传说是昆仑山的玉树,果实供凤凰为食。实:果实。　⑥ 丹山:指《山海经·南山经》说的"丹穴之山",山上有凤凰。　⑦ 抗:高举。　⑧ 网罗:捕捉鸟兽的罗网,这里暗喻司马氏的罗网。孰:谁。制:制服。　⑨ 乡曲士:乡里地方上见识浅陋的士绅。

翻译

鸿鹄一只跟着一只飞走了,
飞啊飞,飞到了荒远边疆。
一双双翅膀凌驾长风向前,
一会儿就消逝在万里远方。
早晨饱餐凤凰的琼浆玉果,
夜晚栖宿在凤凰的丹山上。
他们把自己高升在青云中,
有谁能把他们制服进罗网?
他们怎能跟着乡俗绅士们,
手拉着手在一起发誓结党!

其五十四

这是一首放言诗,通篇都是反话。诗中故意把夸谈和谬论煞有介事地写出来,似乎它们都是事实和真理;诗末二句,用冷峻的笔调写出一个正常人的观感,暗含诗人对时世是非颠倒、贤愚混淆的愤慨,其讽刺力量是很强的。

夸谈快愤懑①, 惰慵发烦心②。
西北登不周③, 东南望邓林④。

旷野弥九州⑤， 崇山抗高岑⑥。
一餐度万世⑦， 千岁再浮沉。
谁云玉石同⑧， 泪下不可禁！

---

① 夸谈：浮华荒诞的夸张言谈。快：以为痛快。 ② 惰慵：懒惰散漫。发：遣散。 ③ 不周：传说的山名，在昆仑西北。传说上古时，共工与颛顼（zhuān xū）争帝，怒触不周山。它也是"不周风"即西北风的风源。 ④ 邓林：上古神话夸父逐日中说，夸父渴死后，拐杖变成邓林，即桃林。《山海经·中山经》载，夸父之山："其北有林焉，名曰桃林。"据考，夸父山又名秦山，在今河南灵宝东南。 ⑤ 弥：满。 ⑥ 崇山：高大山脉。岑：小而尖的山。"高岑"是指小山的山顶。 ⑦ 度：渡过。 ⑧ 玉石同：是说美玉和山石混同一体。意谓美玉、山石如果混同一体，便无美丑善恶之分。而生活中却经常出现玉石混同、贤愚杂厕的现象，令人感慨万端，难免要流泪伤心了。

翻译

夸夸其谈可以把愤懑变成快感，
懒惰散漫能够遣散心中的烦闷。
到西北攀登共工怒触的不周山，
向东南遥望夸父物化的桃树林。
空旷的原野布满了天下的九州，

崇高的大山举起了小山的峰顶。

一顿饭仿佛度过了一万个世代,

一千年不过是在水里再次浮沉。

可谁要说宝玉和山石都一样子,

会禁不住令人要两眼泪流纷纷!

其五十七

　　这首诗激烈指责蒙受曹魏重恩的大臣昏愦,不知国家危亡;诗人表示愤慨,将辞世游仙。

惊风振四野①,　　回云荫堂隅②。

床帷为谁设③?　　几杖为谁扶④?

虽非明君子⑤,　　岂暗桑与榆⑥!

世有此聋聩⑦,　　茫茫将焉如⑧?

翩翩从风飞⑨,　　悠悠去故居⑩。

离麾玉山下⑪,　　遗弃毁与誉⑫。

---

① 惊风:突如其来的飓风。振:发。　② 回云:低回的阴云。荫:遮蔽。隅:角落。　③ 床帷:厅堂上的坐具和帐幔。古代皇帝对年老多病的大臣,往往赏赐床帷,以示重礼。为谁设:给哪位设置的。意思是说,受赏的大臣是否担当得起这份重赏和期望。　④ 几杖:供

凭靠依扶的案几和拐杖。这也是皇帝赏赐老臣的。 ⑤ 明君子：见识高明、洞察事理的君子，指获赏"床帷""几杖"的大臣。 ⑥ 暗：不明。桑与榆：桑树和榆树。《初学记·天部上》引《淮南子》说："日西垂，景在树端，谓之桑榆。"汉代用作日落时分的成语，引申来比喻人的晚年。这句是说这些老臣应当知道自己年老，在世时间不多。 ⑦ 聋聩（guì）：耳聋眼花。 ⑧ 芒芒：同"茫茫"，浩大。焉：哪里。如：往，到。 ⑨ 翩翩：轻快自如。 ⑩ 悠悠：长远地。去：离开。 ⑪ 离靡：放任无拘的样子。玉山：神话传说是西王母住的地方。 ⑫ 遗弃：抛弃。毁：诽谤。誉：赞美。

翻译

骤起的飓风呼啸在四方田野，
低压的乌云笼罩着堂屋四边。
恩赐的座椅、帐幔为谁而设置？
敬老的案几、手杖给谁来扶搀？
我虽然不是见识高明的君子，
难道看不见太阳落在桑榆间！
世上竟有这样耳聋眼花的人，
在茫茫大地上他将往何处赶？
我将轻快地乘风在空中飞翔，
遥远遥远地离开故乡而高迁。
不断向前来到仙境玉山之下，

抛弃掉人间毁誉我毫不遗憾。

其五十八

这首诗抒写清高超脱,逍遥游仙,不拘守礼法的意态。

危冠切浮云①，　　长剑出天外。
细故何足虑②，　　高度跨一世③。
非子为我御④，　　逍遥游荒裔⑤。
顾谢西王母⑥，　　吾将从此逝⑦。
岂与蓬户士⑧，　　弹琴诵言誓⑨。

① 危冠:高高的发冠。切:擦边,碰及。　② 细故:指人世琐碎小事。　③ 度:踱步,漫行。跨:跨越。　④ 非子:周代的养马能手,周孝王召为养马官。御:马车夫。　⑤ 荒裔:边荒地区。　⑥ 谢:告别。西王母:神仙名,传说住在昆仑仙境的玉山瑶池。　⑦ 逝:远去。　⑧ 蓬户士:住在茅屋里的人,指儒家安贫乐道者,如颜回等。　⑨ 诵言誓:是说背诵儒家经典,发誓遵守礼教。

翻译

高高的冠帽碰到了浮云,
长长的佩剑高耸出天外。
人间琐事哪里值得牵挂,
高步漫行跨过整个世代。
周朝的非子给我来驾车,
我逍遥遨游到这边荒来。
回过头来我告诉西王母:
我要从此远游不再回来。
岂能够跟茅屋里的先生,
一起弹琴诵经起誓发呆!

其六十

　　这首诗咏叹儒者恪守礼法,安贫乐道,而自甘其苦,坚持志节,但却迂阔而不合常情,更不符老、庄的自然之道,所以受到老子的激烈批评,叹息不已。但老子对这些拘谨的儒者是爱惜的,诗末用"老氏用长叹"一句便可看出这种态度来。所以诗中儒者形象与魏晋之际虚伪的礼法之士不同。这一点,可与下面其六十七首"洪生资制度"相比较。

儒者通六艺①，　　　　立志不可干②。

违礼不为动③，　　　　非法不肯言。

渴饮清泉流④，　　　　饥食并一箪⑤。

岁时无以祀⑥，　　　　衣服常苦寒。

屣履咏《南风》⑦，　　　缊袍笑华轩⑧。

信道守《诗》《书》⑨，　　义不受一餐⑩。

烈烈褒贬辞，　　　　　老氏用长叹⑪！

---

① 六艺：这里指六经，即《易经》《尚书》《诗经》《礼记》《春秋》《乐经》（已佚）六部儒家经典。　② 干：触犯。　③ 不为动：不为违礼言行所动。　④ 清泉流：等于说"清水""淡水"。　⑤ 并：合并，凑合一起。《礼记·儒行》说，儒者苦学，住在茅屋里，"易衣而出，并日而食"。是说他们缺衣，出门要轮换穿件像样的衣服；少食，一天的饭归并起来分成两天吃。箪（dān）：古代盛饭的竹器。"并一箪"是说几天就凑合吃一箪饭。孔子的弟子颜回安贫好学，就是"一箪食，一瓢饮"。　⑥ 岁时：这里指逢年过节，按礼应当祭祀。无以祀：没有用来祭祀的供品。　⑦ 屣（xǐ）履：趿（tā）拉着鞋。《南风》：据《礼记·乐记》记载是虞舜创作的诗歌，今已佚。　⑧ 缊（yùn）袍：增加新丝绵的旧绵袍。笑：嘲笑。华轩：华贵的车驾，这里指贵达官僚。　⑨ 信道：笃信儒家道义。　⑩ 一餐：指人家请他吃一顿饭。　⑪ "烈烈"二句：《庄子》多载孔子请教老子而遭老子批评的故事。如《天运》载，孔子对老子说，他治六经，用六经之道游说七十二个诸侯，竟

咏怀诗（八十二首选三十六）

没有一个加以采用,因此觉得人难说,道难明。老子告诉孔子,幸亏他没有遇见"治世之君",遇见了更糟糕。因为六经是"先王之陈迹",批评孔子搬用老经验,不懂性命自然之道,指出:"苟得于道,无自而不可;失焉者,无自而可。"孔子思考了三个月,觉悟了,去告诉老子,于是受到老子的肯定。烈烈:激烈的意思。褒贬:偏义复词,批评的意思。"褒贬辞"即指老子批评儒家的言辞。用:因此。

翻译

儒者通晓他们尊崇的六经,
立下了志节就决不能触犯。
违反礼教的行为一件不做,
不合礼法的言论一字不谈。
口渴只喝那清清的泉流水,
饥饿就吃这凑合的一箪饭。
逢年过节没有祭祀的供品,
衣服穿戴常常挡不住严寒。
趿拉一双鞋吟咏《南风》舜歌,
披件旧绵袍嘲笑华贵轩冕。
笃信儒教而恪守《诗》《书》经典,
为大义,不吃人家一顿菜饭。
老子批评儒家,言辞很激烈,
只因他们行为迂阔惋惜长叹。

其六十一

　　这首诗回想自己年青时代武艺高超,从军塞外,渴望建立战功,但是不被任用,徒怀悲哀,遗恨终生。有的学者认为这首诗的主旨是,年青时要从军立功,而到晚年,仇敌不在边塞,而在朝廷,更不能从军立功,所以悔恨。

少年学击刺①，　妙伎过曲城②。
英风截云霓③，　超世发奇声④。
挥剑临沙漠，　饮马九野坰⑤。
旗帜何翩翩⑥，　但闻金鼓鸣⑦。
军旅令人悲，　烈烈有哀情⑧。
念我平常时⑨，　悔恨从此生⑩。

---

① 击刺:指剑术。　② 妙伎:高妙的技艺。过:超过。曲城:西汉张仲,封曲城侯,以善剑术"立名天下"(《史记·日者列传》褚先生语)。　③ 英风:英雄气概。截云霓:上天截取云彩,极言当年自负不凡。　④ 超世:超越一世,留名后代。奇声:杰出的声誉。　⑤ 九野:九州的野外。坰(jiōng):远郊。"九野坰"是说国土最远的边疆。　⑥ 翩翩:轻快的样子。　⑦ 金鼓鸣:古代战争打鼓敲锣,指挥进退。这句

说只听见敲锣打鼓,言外即谓不见军队行动,并无战争。 ⑧烈烈:轰轰烈烈。有哀情:是说表面上轰轰烈烈,实际并无战争。"少年"虽然英武,但终无所用,所以让人有悲哀的情感生发。 ⑨平常时:等于说"平生时",指这一辈子的生活。 ⑩悔恨:是说一生的悔恨。此:指上述青年时欲从军立功,却壮志无酬的现实。

翻译

我年青时学习攻击刺杀的剑术,
高妙的武艺超过了曲城侯张仲。
英雄气概可以上天去截取云彩,
超越一世而传播着杰出的名声。
我挥剑来到了边塞外的大沙漠,
饮马在九州最遥远的郊野山林。
看那一面面军旗飘扬得多轻快,
却只听见金鼓齐鸣而不见战争。
我的从军生涯使我这样的悲伤,
那表面轰轰烈烈掩盖悲哀实情。
回想我这辈子的说不尽的悔恨,
就是从青年从军体验开始产生。

其六十七

这首诗讽刺揭露当时号称大儒的伪君子,表面上拘守礼法,一板正经,其实行为丑恶,言不由衷,装模作样,令人作呕。

洪生资制度①,　　被服正有常②。
尊卑设次序③,　　事物齐纪纲④。
容饰整颜色⑤,　　磬折执圭璋⑥。
堂上置玄酒⑦,　　室中盛稻粱⑧。
外厉贞素谈⑨,　　户内灭芬芳⑩。
放口从衷出⑪,　　复说道义方⑫。
委曲周旋仪⑬,　　姿态愁我肠⑭。

① 洪生:称大儒。资:依据。制度:此指礼法制度。　② 被服:穿衣。正:正确的式样。有常:有一定规矩。　③ 尊卑:尊贵卑贱,指人的身份地位。　④ 事物:是说对待事物。齐:划一,以……为准。纪纲:法度的意思。　⑤ 容饰:仪容服饰。整:一致。颜色:容颜脸色,指表情。　⑥ 磬折:像磬似折腰,形容鞠躬。见前《其八》注。圭:玉制礼器,朝见帝王时执圭。璋:玉制礼器,朝见皇后执璋。
⑦ 玄酒:古代祭祀用的水。这句是说洪生家里厅堂上恭敬祭祀。

咏怀诗(八十二首选三十六)

⑧ 室:内室。稻粱:这里也是指祭祀的供品。古代祭祀供品,最后上稻粱米饭。　⑨ 外:指公开场合,表面形式。厉:打磨,形容洪生装模作样很有功夫。贞素谈:贞节清白的正经言论。　⑩ 户内:指家中,私下里。灭芬芳:是说把公开场合中的那套表面上芳香袭人的美德全收起来了。　⑪ 放口:不小心脱口而说。从衷出:说出了心里话。　⑫ 复说:重又说,表示立刻补充说明。道义方:仁义道德的方法。　⑬ 委曲:委婉曲折,指说话拐弯抹角。周旋:与人交际应酬。仪:礼仪。　⑭ 愁我肠:使我心里发愁。

翻译

那位大儒一言一行皆依礼法,
穿戴服色都符合规矩极其正常。
按照尊贵卑贱的地位设立次序,
对于处事待物礼节都准于纪纲。
仪容佩饰跟脸色表情谐调一致,
朝拜帝后要弯腰鞠躬手捧圭璋。
厅堂上布置着祭祀鬼神的水酒,
房间里盛放着敬供上飨的稻粱。
在外面装模作样说一套正经话,
到家里就把芳香美德抛弃精光。
有时不小心脱口说出了真心话,
赶紧再把仁义道德的高调大唱。

他那曲折拐弯应酬交际的仪礼,
假装作出的姿态使我愁破肚肠。

其七十

　　这首诗感慨当时的仕途宦情,抒发一己情怀。阮籍看到一些人遭司马氏迫害,逃避隐逸;一些人被罗致,成为显贵,所以他只能灰心避祸,沉默自全。

有悲则有情,　无悲亦无思①。
苟非婴网罟②,　何必万里畿③!
翔风拂重霄④,　庆云招所晞⑤。
灰心寄枯宅⑥,　曷顾人间姿⑦?
始得忘我难,　焉知嘿自遗⑧。

①"无悲"句:一本作"无情亦无悲",亦通。　②苟:如果。婴:编结,这里有遭殃、陷落罗网的意思。网罟(gǔ):罗网,此指迫害。　③畿(jī):京城附近地区。万里畿:是说远离京城。　④翔风:和顺的风。拂:吹拂。重霄:九重云霄,古代往往用以比喻皇帝所在。　⑤庆云:吉庆的云。《楚辞·九怀》"枉车登兮庆云",王逸注:"庆云,喻尊显也。"此用其意。招:招摇。晞(xī):破晓的阳光。

这句比兴说,尊贵显宦是在新朝光辉中招摇的。　⑥灰心:苍白无力的心。寄:借住。枯宅:枯萎的心宅。古人以为人心是主宰人思想行为的一种抽象精神,住在人体中心器官,所以说心住在心宅里。这句寓意是说自己对新贵显宦毫无兴趣。　⑦曷(hé):怎么。人间姿:指新贵们的姿态举止。　⑧"始得"二句:意思是说,诗人从新贵表现中认识到,世人很难做到忘我,于是他知道自己应该忘我,也只能默默忘掉自己。焉:这里是"于是"的意思,即从这里。嘿:同"默",沉默。自遗:遗忘自己。

翻译

人有了悲哀就有了感情,
没有悲哀也就没有思想。
如果不是害怕落进罗网,
何必遥远来到万里异乡!
和顺的风吹拂九重云霄,
吉庆的云招摇初升阳光。
苍白的心住在枯萎心宅,
哪还顾得人间姿态花样?
我开始懂得忘我不容易,
于是知道默默把我遗忘。

其七十四

这首诗赞美上古隐逸高士,坚守志节,清贫恬淡;感叹末代乱世,政治混乱,不仁不义;表达追慕高蹈隐逸的志向。

猗欤上世士①,　恬淡志安贫。

季叶道陵迟②,　驰骛纷垢尘③。

宁子岂不类④?　杨歌谁肯殉⑤!

栖栖非我偶⑥,　惶惶非己伦⑦。

咄嗟荣辱事⑧,　去来味道真⑨。

道真信可娱⑩,　清洁存精神⑪。

巢、由抗高节⑫,　从此适河滨⑬。

---

① 猗(yī)欤:赞叹词,等于说"多么好啊"。上世士:指上古隐士,即诗末所说巢父之类。　② 季叶:末叶,指一个王朝没落时代。道:指治世之道。陵迟:割裂毁坏。　③ 驰骛(wù):奔走乱跑。扬雄《解嘲》:"世乱则圣哲驰骛而不足。"此用其意,是说圣贤哲人在乱世奔走谋治。纷垢尘:形容奔走道路的尘土纷扬。　④ "宁子"句:春秋时,宁戚沦落,打算进谒齐桓公,因为穷困而不能自达,便去作了商贾雇佣的车夫,跟商队来到齐国都城外。有一天的夜晚,齐桓公到

咏怀诗(八十二首选三十六)

城郊迎接贵宾,宁戚敲着牛角唱了一首歌,自抒不遇情怀。齐桓公听见歌唱,认为宁戚有贤才,就带他到京城去。后来,宁戚成了齐桓公的宰相。"宁子"即指宁戚。类:周代公卿诸侯朝会外交,都要赋颂《诗》中诗句,以表示自己的身份、来意等,所赋诗歌必须符合诗义,引用确当,叫做"符合义类",不符合就是"不类"。这句是说,宁戚当时身份卑贱,又唱自作的诗歌,并无《诗经》的义类根据,但是符合诗义。 ⑤"杨歌"句:《列子·力命》载,杨朱的朋友季梁生病七天,病情加剧。他见儿子要请医生,便对杨朱说:"我儿子太不理解我了,请你替我唱支歌开导他们。"杨朱就唱了一支歌。大意是说,人的生死不由天,也不由人,谁也不知道,请医生无用。季梁的儿子不听,仍旧请来医生。"杨歌"即指杨朱这首歌。殉:为某种信念、事业而自觉牺牲生命。这句的意思是说,世人都不愿听从杨朱的学说而让自己自生自死。 ⑥栖栖(xī):心不安定。语出《论语·宪问》,此指孔子那样的圣人。我偶:等于说"我辈",我的伙伴。 ⑦惶惶:不安。《汉书·叙传》:"是以圣喆之治,栖栖皇皇(惶惶)。"是说圣贤哲人要求治理天下,都显得心里不安。这里也是用来指孔子之类圣哲。伦:类。 ⑧咄嗟:通"咄嗟(jiē)",呼吸之间,喻变化的时间极快。荣辱事:指人生的荣耀和耻辱。 ⑨去来:指日月往来,是自然的永恒运行。味:体会。道真:道的真髓纯粹。以上二句是说,人生荣辱变化迅速无常,不值得关心,而日月运行造成岁时和生死,所以体会自然之道的精粹,最有意味。 ⑩信:确实。可娱:可令人愉悦。 ⑪清洁:指人的清白纯洁的素质。精神:按照道家观念,指人的自然禀性所产生的超脱精神。 ⑫巢、由:巢父和许由,传说是上古时代的隐士。抗:举。 ⑬适河滨:到河边。传说唐尧要让位给许由,许由逃到颍水边躬耕隐居。唐尧又请许由出任九州长,许由到颍水边洗耳。此用其事,表示自己要跟随巢父、许由,走隐逸的道路。巢父:《高士传》说他是许由的朋友。

翻译

多么好啊,上古时代的隐士!
恬淡名利,守志节而安贫穷。
没落时代,大道被割裂毁坏,
圣哲奔走在纷乱的尘垢之中。
宁戚夜歌自荐难道不合诗义?
杨朱唱歌喻世有谁肯作牺牲?
栖栖无定的圣贤不是我伙伴,
惶惶不安的哲人不跟我类同。
瞬息变化是人间荣辱的细事,
日月运行可体会大道的真纯。
大道的真纯确实能令人愉快,
清洁的素质保存自然的精神。
巢父、许由发扬高尚的节操,
从此我跟他们隐逸前往河滨。

咏怀诗(八十二首选三十六)

其七十九

这首诗咏叹凤凰不遇其时,遭际挫折,处于非位,悲怆远飞,感慨志士隐逸,清高自洁。

林中有奇鸟①,	自言是凤凰。
清朝饮醴泉②,	日夕栖山冈③。
高鸣彻九州④,	延颈望八荒⑤。
适逢商风起⑥,	羽翼自摧藏⑦。
一去昆仑西⑧,	何时复回翔?
但恨处非位⑨,	怆悢使心伤⑩。

① 奇鸟:不凡的鸟。　② 醴(lǐ)泉:甘美的泉水,古人以为出现甘泉是祥瑞。《礼记·礼运》说:"天降膏露,地出醴泉。"　③ 日夕:傍晚。　④ 九州:天下的意思。　⑤ 八荒:海外极远的边荒地区。　⑥ 适:恰巧。商风:秋风。　⑦ 摧藏:挫伤而沮丧。　⑧ 一去:是说离开人间而飞走了。昆仑西:神话传说,天帝在人间的都城,位于"海内昆仑之虚(同'墟')",地处西北。这里是说离开人间,所以从天帝在人间的都城再向西飞。　⑨ 处非位:处在不恰当的地位。传为班婕妤的《自悼赋》:"既过幸于非位兮,窃庶几乎嘉时。"是说既然过分幸运地得到了不是自己应得的名位,那就希望实现自己的理想。此用其意,埋怨有其位而无其用。　⑩ 怆悢(liàng):悲伤惆怅。

翻译

树林里有一只珍奇的鸟，
清音声声说自己是凤凰。
清早起来它喝甘美泉水，
太阳落山它栖宿在山冈。
它高扬的鸣声响彻九州，
它伸长了脖子远望八荒。
偏巧遭遇秋天寒风刮起，
它的翅膀自然受到挫伤。
它一别就飞离昆仑山西，
不知何时再向人间飞翔？
就只恨它的地位不适当，
终于悲怆远去使我心伤。

其八十二

　　这是《咏怀诗》的最后一首，以墓前木槿花与仙境的玉树、神稻相比，感慨人生短促，好景不长，讽劝世人要珍惜青春年华，看破人生荣华。

墓前荧荧者①，　木槿耀朱华②。
荣好未终朝③，　连飙陨其葩④。

岂若西山草⑤，　琅玕与丹禾⑥。
垂影临增城⑦，　余光照九阿⑧。
宁微少年子⑨，　日夕叹咨嗟⑩。

---

① 荧荧(yíng)：火光闪闪的样子。　② 木槿：落叶灌木，开红、紫色花，早晨开放，过午枯萎。朱华：红花。见前《其十一》注。　③ 荣好：是说红花荣耀美好。终朝(zhāo)：过完一个早晨。　④ 飙(biāo)，暴风。连飙：接连几阵大风。陨：坠落。葩(pā)：鲜花。　⑤ 西山：指《山海经·西山经》所载的位于西方的山，以指仙境神山。"西山草"即指下句所说"琅玕与丹禾"。　⑥ 琅玕(láng gān)：指琅玕玉树，生长于昆仑仙境。丹禾：指仙境的谷物。《山海经·西山经》载，槐江之山"多藏琅玕、黄金、玉，其阳多丹粟"。"丹禾"即"丹粟"之类。　⑦ 垂影：指琅玕、丹禾的影子。增城：同"层城"，指天上仙境的九重城阙。《淮南子·地形训》载，昆仑墟之下"有增城九重"，昆仑墟上有玉树、碧树及木禾等。此用其说，所以说琅玕、丹禾的影子映照在增城上。　⑧ 余光：指琅玕、丹禾的光辉。九阿：传说的地名。《穆天子传》载周穆王西游时，"升九阿"。　⑨ 宁微：怎能没有。　⑩ 日夕：日落西山。咨嗟：唉声叹气。这句的意思是说，有些青年对着日落黄昏，感到年华蹉跎，就长吁短叹起来了。

翻译

在坟墓前面火红闪光的,
是木槿开放红花多荣耀。
荣华美好不到一个早晨,
几阵风就把这鲜花吹掉。
哪里比得上西山的仙草,
那琅玕玉树和丹禾神稻。
它们影子映照九重城阙,
它们余光照耀九阿山道。
人间怎会没有这般青年,
面对黄昏日落嗟时叹老!

咏怀诗(八十二首选三十六)

亢父赋

　　这是一首纪游感讽小赋,寓有深沉的愤世之情。赋中主要记述亢父地理条件恶劣,物产贫瘠,民不聊生,无以教化,加上长久不治、水利不兴,农田荒芜,民生非人,风俗落后。人们只得四出逃亡,所以"礼义不设,淳化匪同"。这也就是作者在小序中所说那样,本篇是诋毁亢父之作,意在说明该地"不足乐也"。然而在篇末,作者又提出一个问题:君子们究竟是否明了亢父的情况? 如果明了,为什么还要到此地来呢? 这就委婉而意味深长地把讽刺矛头指向了君子们,发人深思。"亢父(gāng fǔ)",县名,东汉属兖州任城国,在今山东济宁市南。"亢"一作"元",形近而讹。据赋中所写地理位置,当即"亢父"。

　　吾尝游亢父,登其城,使人愁思。作赋以诋之①,言不足乐也。

　　亢父者,九州之穷地②,**先代之幽虚者也**③。故其城郭④,卑小局促⑤,危隘不遐⑥。 其土田则污除渐淤⑦,泥涅槃洿⑧。 方池边属兮⑨,容水潢沱⑩；秽菜惟产兮⑪，不食实多；地下沉阴兮，受气匪和⑫；太阳不周兮，殖物靡嘉⑬。故其人民顽嚣梼杌⑭，下愚难化⑮。

其区域壅绝断塞⑯，分迫旋渊⑰，终始同贯⑱，本末相牵⑲。畴昔讫今⑳，旷世历年㉑。钜野潴其后㉒，穷济尽其前㉓，驯浍不畅㉔，垢浊寔臻㉕。不肖群聚，屋空无贤㉖。故其民放散肴乱，薮窜泽居㉘，比迹麋鹿㉙，齐志豪豻㉚。是以其原壤不辟㉛，树艺希疏㉜，苋苇弥皋㉝，蚊虻惨肤也㉞。

于其远险，则右金乡而左高平㉟，崇陵崔巍㊱，深溪峥嵘㊲，美类不处㊳，熊虎是生。故人民被害嚼啮㊴，禽性兽情。弥之近阳㊵，则鸣鸠荫其前㊶，曲城发其后㊷，鸱枭群翔之可悼，岂有志于须臾㊸！故其人民狼风豺气㊹，鸷电无厚㊺。南望春申㊻，东瞻孟尝㊼，衺界薛邑㊽，境边山阳㊾，逆旅行舍㊿，奸盗所藏㉛。北临平陆㉜，齐之西封㊷；捷径燕、赵㊵，逃遁逍遥㊺。故其人民侧匿颇僻㊻，隐蔽不公㊼，怀私抱诈，爽慝是从㊽，礼义不设，淳化匪同㊾。

先哲遗言，有昭有聋㊿。如何君子，栖迟斯邦㉛？

①诋:诽谤。 ②九州:古分全国为九个区域,称九州,因此也用来指称天下、全国。 ③先代:从前的朝代。幽虚:偏僻的村落。亢父在春秋时为邿(shī)国,是一个很小的诸侯国,后被鲁国灭亡。汉代为任城国属县,也是小郡国的小县,所以称之为村落。虚,即墟,墟落。 ④郭:外城。 ⑤局促:指城区面积狭窄。 ⑥危隘:险要。《战国策·齐策》载苏秦形容"亢父之险,车不得方轨,马不得并行,百人守险,千人不能过也",可供参考。邈:远。 ⑦汙除:积水淤塞的道路。 ⑧涅(niè):淤塞。槃:承水盘。洿(wū):此指水坑。 ⑨属:连。 ⑩容水:指池中的水。滂沱(pāng tuó):大水横流。 ⑪秽菜:粗劣的野菜。惟:同"唯",只。 ⑫受气:古以为植物生长受地气的作用很重要。匪:同"非",否定词。和:和谐。 ⑬殖物:生长的作物。靡:无。嘉:指好的作物。 ⑭顽嚚:不开化,不驯良。梼杌(táo wù):无知而不接受教训。 ⑮下愚:《论语·阳货》有"唯上知与下愚不移"语,是说长上君子的聪明与卑下小人的愚昧是不变移的。此用其意,谓亢父人愚顽是天赋难化。 ⑯区域:指亢父城里的分区划界。壅:堵住。绝:隔开。断:割裂。塞(sè):阻塞。 ⑰分:分界。迫:又窄又挤。旋渊:用《招魂》"旋入雷渊,靡散而不可止些"语,意思是说一转身就掉入雷渊,粉碎死亡。雷渊即雷泽,古大泽,一说在今山东荷泽东北,在亢父西面不远。这里用来夸张形容亢父城里又挤又乱,令人晕头转向。 ⑱终始:指区划的开头和结尾。贯:连成一串。句意是说城里区划乱成一团,头尾不清。 ⑲本末:根本和末梢,指区划不齐整,这块插进那块一角,此区插入

彼区一点,好像树木拥挤,根干枝杈互相牵扯。 ⑳畴昔:从前,往昔。迄:同"迄",到。 ㉑旷世:举世无比。历年:经历年岁。此句连上句是说从古到今,经过许多世代和时间,只有亢父还是那样,没有改变。 ㉒钜野:古大泽名,又名大野泽、钜野泽,故址在今山东巨野县北,位于亢父西北,所以说在"其后"。潴(zhū):贮水。这句是说流水被钜野泽拦住,流不到亢父。 ㉓穷:竭尽。济:济水,汉代济水从今河南荥阳北分黄河东出,流经山东定陶西,折东北注入钜野泽,又从泽北出经山东梁山县东,所以说济水被钜野泽全部收光,一点不流到亢父。"其",此指代钜野泽。 ㉔甽(zhèn):同"圳",田边小沟。浍(kuài):田间水沟。 ㉕寔:同"实"。臻(zhēn):齐备。 ㉖贤:指贤达之士。 ㉗肴:同"淆",混杂。 ㉘薮(sǒu):水草丛生的湖泽。窜:乱跑,逃走。 ㉙比迹:行迹可与……相比。麋(mí):驼鹿,又名犴(hān),鹿类动物,体大于牛。 ㉚齐志:志向跟……一样。豪:豪猪。㹮(chū):野猫之类猛兽。 ㉛原:原野,荒地。辟:开垦。 ㉜树艺:种植。希:同"稀"。 ㉝苋(xiàn):苋菜,古以为野菜。苇:芦苇。弥:满。皋:田野。 ㉞虻:虻虫。惨:狠毒、厉害,此处指狠叮。 ㉟右:古以西为右,东为左。金乡:汉兖州山阳郡属县,在今山东金乡。高平:汉兖州山阳郡高平侯国,治所在今山东微山县西北。 ㊱崇陵:高大土山。崔巍:高大雄伟。 ㊲峥嵘:高峻不寻常。 ㊳美类:美好的物类。处:居住。 ㊴啮(niè):咬。 ㊵弥:一作"尔",似可从。尔,这,指代亢父。 ㊶鸠:这里指鹡鸰,一种小鸟。鸣鸠:《诗经·小雅·小宛》有"宛彼鸣鸠,翰飞戾天",旧注以为山鸟鹡鸰鸣叫着高飞冲天,比喻小人叫嚷要取得高功。此用其意,喻亢父充斥着小人。荫:遮蔽。 ㊷曲城:深曲的城，指亢父城。发：突出。 ㊸“鸱枭”二句：鸱枭（chī xiāo），同“鸱鸮”，猫头鹰之类猛禽，古时以为恶鸟。《诗经·豳风·鸱鸮》：“鸱鸮鸱鸮，既取我子，无毁我室。”即用作凶乱的比兴。这里借以比喻亢父多恶人。悼：悲伤。须臾：一会儿。 ㊹ 狼风豺气：豺狼般凶狠的风气习俗。 ㊺ 盩（zhōu）：打击。电：闪电。 ㊻ 春申：战国末，楚国公子黄歇为相，封春申君，执掌楚国政权，实有楚地，与齐国南边接壤。亢父当时属齐国，所以说朝南遥望当年春申君领地。 ㊼ 孟尝：战国末，齐国公子田文，继父爵为孟尝君，封邑便在薛，招纳诸侯宾客，与春申君黄歇、平原君赵胜、信陵君魏无忌并称战国四公子，都是以养士而名闻天下，声高诸侯，左右其国的实力人物。这句是说在亢父东望当年孟尝君的封土。 ㊽ 袤（mào）：南北长度，这里是南北走向的边界的意思。薛邑：在今山东滕州市东南，位于亢父东南，即孟尝君田父的封邑。 ㊾ 山阳：郡名，汉属兖州，与任城国为邻郡，治所昌邑，位于亢父西南在今山东金乡县西北。 ㊿ 逆：迎接。逆旅：接待旅客的旅馆。行舍：行人投宿的客店。 (51) 奸盗所藏：是说在这条路上来往旅店中多藏奸盗。 (52) 临：面对。平陆：汉兖州东平国东平陆县，位于亢父北面，在今山东汶上县北。 (53) 齐：指先秦时的齐国。西封：封土的西部边疆。 (54) 燕、赵：指古燕国、赵国地，泛指今河北、山西地区，是古代北方边壤，传统以为文化落后、游侠活跃的地方。 (55) 逃遁：是说犯法逃亡。逍遥：是说逍遥法外。 (56) 侧匿：侧身隐匿，躲躲闪闪意谓不光明正大。颇僻：行为不正。 (57) 隐蔽：隐瞒遮盖。意谓不诚实。 (58) 爽：差错。慝（tè）：奸邪。 (59) 淳化：淳朴教化，是说受礼教而风气淳朴。匪同：不能与……相同。此句意谓难以让亢父的民风变得淳朴厚道。　⑥"先哲"二句：《左传》宣公十四年载，楚国诸侯派遣申舟出使齐国，叫他不要取道宋国。申舟自知宋国厌恶他，就说："郑昭宋聋。"意思是说郑国明白事理，而宋国则耳聋目盲，不明事理。这里用其意。先哲：前代的贤哲，即指申舟。遗言：留下的话。有昭有聋：这里是说，天下郡县城邑，有明事理而治的，也有不明事理而不治的。亢父显然属于后一类。　⑥栖迟：逗留。斯邦：这个城邑，指亢父。

翻译

我曾经游历亢父。登上它的城楼，令人忧愁思虑。就写了这首赋诋毁它，意在说明它不值得游乐。

亢父，是全国的一个穷地方，前代的一个冷僻的村落。所以它的内城外城，低下矮小，方圆狭窄，高险之处相连。它土地耕田中的积水使得道路渐渐淤塞，泥土发黑，简直成了像承水盘似的浅水坑。一方方池塘的边界相连。大水一来，池塘里的积水四溢横流；这里就只生产粗恶的野菜呵，不可食用的实在太多；地面下深沉的阴寒呵，使土地的气温不得调和；太阳也不普照大地呵，此地繁殖的作物没有一种好的。所以它的人民，顽钝不驯，蒙昧无知，天资下愚，难以教化。

它的区域之中，这块儿堵塞隔绝，那块儿割断阻塞，分得狭窄拥挤，似乎一转身就会掉进雷泽，粉身碎骨。整个城区从头到尾连成一串,从根本到末梢互相牵制。从古到今,它竟如此经历了无数年代。钜野泽在它的后面把水截断贮积,又把济水所有的水在它的前头就收个干净,使得亢父田间沟渠的流水不畅通,污垢浊泥充斥田地。不肖的人群聚此地,居室空旷找不见一位贤人。所以这里的人民放纵散漫,混淆杂乱,在沼泊流窜,在湖泽里栖居,行迹如同麋鹿,志向却像豪猪野猫。因此它的原野土壤不曾开垦,种植的果木蔬菜稀少分散,苋菜芦苇长满田野,蚊子、虻虫狠叮人们的肌肤。

离它稍远的险要地方,那么东面有金乡而西面有高平,大山高峻雄伟,深溪危险难测,美好物类不居留,猛兽熊虎生长其中。所以人民遭受祸害,被嚼挨咬,性情也变得像禽兽。这地方(近阻)不开化,只有聒噪的小鸟鹔鹏遮蔽在前,深曲的亢父城区突立于后,凶猛的猫头鹰成群的飞翔着,这样可悲的情景,难道能让人们肯有心在这里停留一会儿吗?所以它的人民沾染了豺狼般凶狠的习气,像轰雷击电般无情不厚道。朝南遥望,是古代楚国春申君的领地;向东瞻望,是古代齐国孟尝君的封土;这一带接界薛邑,那一边连境山阳,但一路上迎来送往的旅馆客店,却尽是奸盗藏身的地方。北面对着平陆,是古代齐国的西部边疆;这是通往古代燕国、赵国的捷径,奸盗可以逃到那里,逍遥法外。所以它的人民多不光明正大,也极不诚实坦荡,而是僻邪不正,不肯为公,怀有私心,抱有欺诈,只要是差错奸邪的行为就跟着做,礼节道义不能建立,难以使它的民风变得淳朴厚道。

　　从前的哲人说过,出使的地方有明白事理的,有昏聩不明的。君子们为什么还要逗留在这样一个城郭里呢?

达《庄》论

  这是一篇用文学形式写的哲学思想论辩文章,具有较高的现实政论性。文中假托一位道家的"先生"辩驳一帮儒家的"缙绅好事之徒"对庄子思想的非难,从而阐述了《庄子》的主要思想理论,所以题为"达庄",意为通达庄子思想。

  论争的焦点是庄子认识论中的齐物观念。庄子思想认为,反映人对客观认识的一切观念,以及由此产生的观念上的是非和差别,都是相对的,并不绝对,不能严格区分和限制。因此,庄子被指责为不分是非,混淆名实,制造惑乱。为了论证齐物观念的正确,本文进一步阐述了庄子本体论的自然思想和实践论的无为观念。从而从本体论、认识论和实践论三个方面,概述了庄子思想的主要论点,完成了"达庄"的要求。

  本文写作的历史动机和目的,是针对魏、晋之际依附司马氏集团的礼法之士的虚伪丑恶,揭露他们标榜儒家礼教,而实质为司马氏篡位效力,谋求个人的荣华富贵,其结果是政治黑暗混乱,祸国殃民。所以本文一方面概述庄子思想要点,也用作思想批判的武器;另一方面注意选择各类具有现实意义的典型事例,并且采取了文学创作的形式,便于明确表达主题思想意义。这就使本文富有现实性和艺术性。

作者采取汉代辞赋的一种变体，即东方朔《答客难》、扬雄《解嘲》这类主客答难的结构体裁。主客都是虚构人物，实际是论辩双方的传声筒，个性不突出，而思想很明确。本文的“先生”显然是作者化身，“缙绅好事之徒”一看即知为礼法之士。先生之论，明晰而锋利；对缙绅的描述，则特点明显，讽刺辛辣。由此也可看到作者构思的用意。至于韵散相间，不拘骈偶，行文便宜，适于论辩，则原是这类辞赋变体的特点，使作者更能发挥，见出学识和文才，因而也是本文的一个艺术特点。

伊单阏之辰[①]，执徐之岁[②]，万物权舆之时[③]，季秋遥夜之月[④]，先生徘徊翱翔[⑤]，迎风而游。往遵乎赤水之上[⑥]，来登乎隐坌之丘[⑦]，临乎曲辕之道[⑧]，顾乎泱漭之州[⑨]。恍然而止[⑩]，忽然而休，不识曩之所以行[⑪]，今之所以留。怅然而无乐，愀然而归白素焉[⑫]。平昼闲居[⑬]，隐几而弹琴[⑭]。

于是，缙绅好事之徒[⑮]，相与闻之[⑯]，共议撰辞合句[⑰]，启所常疑[⑱]。乃阙鉴整饬[⑲]，嚼齿先引[⑳]，推年蹑踵[㉑]，相随俱进。奕奕然步[㉒]，膈膈然视[㉓]，投迹蹈阶[㉔]，趋而翔至[㉕]。差肩而坐[㉖]，恭

袖而检㉗,犹豫相临㉘,莫肯先占㉙。

有一人,是其中雄杰也,乃怒目击势而大言曰㉚:"吾生乎唐、虞之后㉛,长乎文、武之裔㉜,游乎成、康之隆㉝,盛乎今者之世㉞,诵乎六经之教㉟,习乎吾儒之迹㊱,被沙衣、冠飞翮、垂曲裾、扬双鶋有日矣㊲。而未闻乎至道之要有以异之于斯乎㊳!且大人称之㊵,细人承之㊶。愿闻至教㊷,以发其疑㊸。"

先生曰:"何哉子之所疑者㊹?"

客曰:"天道贵生㊺,地道贵贞㊻,圣人修之㊼,以建其名㊽。吉凶有分㊾,是非有经㊿,务利高势㉛,恶死重生㉜,故天下安而大功成也。今庄周乃齐祸福而一死生㉝,以天地为一物,以万类为一指㉞,无乃徼惑以失贞㉟,而自以为诚者也?"

于是先生乃抚琴容与,慨然而叹,俛而微笑㊼,仰而流眄㊽,嘘噏精神㊾,言其所见,曰:"昔人有欲观于阆峰之上者㊿,资端冕㉛,服骅骝㉜,至乎昆仑之下㉝,没而不反㉞。端冕者,常服之饰㉟;骅骝者,凡乘之耳㊻;非所以矫腾增城之上㊼,游玄圃之中也㊽。且烛龙之光㊾,不照一堂之上㊿;钟山之口㊵,不谈曲室之内㊶。今吾将堕崔巍之高⑬,杜衍谩之流⑭,言子之所由⑮,几其寤而获及乎⑯!

"天地生于自然⑰,万物生于天地⑱。自然者无外⑲,故天地名焉⑳。天地者有内㉑,故万物生焉㉒。当其无外,谁谓异乎㉓?当其有内,谁谓殊乎?地流其燥㉕,天抗其湿㉖。月东出,日西入。随以相从㉗,解而后合㉘。升谓之阳,降谓之阴㉙。在地谓之理,在天谓之文㉚。蒸谓之雨㉛,散谓之风,炎谓之火㉜,凝谓之冰。形谓之石㉝,象谓之星㉞。朔谓之朝㉟,晦谓之冥㊱。通谓之川㊲,回谓之渊㊳。平谓之土㊴,积谓之山㊵。男女同位,山泽通气。雷风不相射,水火不相薄㊶。天地合其德,日月顺其光㊷。自然一体㊸,则万物经其常㊹。入谓之幽㊺,出谓之章㊻。一气盛衰,变化而不伤㊼。是以重阴雷电㊽,非异出也㊾;天地日月,非殊物也㊿。故曰:自其异者视之,则肝胆楚越也;自其同者视之,则万物一体也⓫。

"人生天地之中,体自然之形⓬。身者,阴阳之精气也。性者,五行之正性也。情者,游魂之变欲也。神者,天地之所以驭者也⓭。以生言之⑪,则物无不寿⑮,推之以死⑯,则物无不夭⑰,自小视之,则万物莫不小;由大观之,则万物莫不大⑱。 殇子为寿,彭祖为夭;秋毫为大,太山为小⑲,故以死生为一贯,是非为一条也⑳。 别而言之㉑,则须眉异名㉒;合而说之,则体之一毛也㉓。 彼六经之言,分处之教也㉔;庄周之云㉕,致意之辞也㉖。 大而临之,则至极无外㉗;小而理之,则物有其制㉘。 夫守什五之数㉙,审左右之名㉚,一曲之说也㉛;循自然、推天地者㉜,寥廓之谈也㉝。

"凡耳目之耆㉞,名分之施㉟,处官不易司㊱,举奉其身㊲,非以绝手足、裂肢体也㊳。 然后世之好异者㊴,不顾其本㊵,各言我而已矣,何待于彼! 残生害性,还为仇敌㊶,断割肢体,不以为痛。 目视色而不顾耳之所闻,耳所听而不待心之所思,心奔欲而不适性之所安㊷。 故疾疹萌则生意尽㊸,祸乱作则万物残矣。 至人者㊹,恬于生而静于死㊺。 生恬,则情不惑㊻;死静,则神不离㊼。 故能与阴阳化而不易㊽,从天地变而不移㊾。 生究其寿㊿,死循其宜[51],心气平治[52],不消不亏。 是以广成子处崆峒之山,以入无穷之门㊿;轩辕登昆仑之阜,而遗玄珠之根㊿。此则潜身者则易以为活㊿,而离本者难与永存也㊿。

"冯夷不遇海若,则不以己为小㊿;云将不失于鸿濛,则无以知其少㊿。由斯言之㊿,自是者不章㊿,自建者不立㊿,守其有者有据㊿,持其无者无执㊿。月弦则满㊿,日朝则袭咸池,不留阳谷之上,而悬车之后将入也㊿。故求得者丧㊿,争明者失㊿,无欲者自足㊿,空虚者受实㊿。夫山静而谷深者,自然之道也;得之道而正者㊿,君子之实也。是以作智造巧者害于物㊿,明著是非者危其身㊿,修饰以显洁者惑于生㊿,畏死而荣生者失其贞㊿。

"故自然之理不得作㊿,天地不泰而日月争随,朝夕失期而昼夜无分㊿,竞逐趋利㊿,舛倚横驰㊿,父子不合,君臣乖离㊿。故复言以求信者,梁下之诚也㊿;克己以为人者㊿,郭外之仁也㊿;窃其雉经者㊿,亡家之子也㊿;刳腹割肌者㊿,乱国之臣也㊿;曜菁华、被沉滛者㊿,昏世之士也㊿;履霜露、蒙尘埃者㊿,贪冒之民也㊿;洁己以尤世、修身以明洿者㊿,诽谤之属也;繁称是非、背质追文者,迷罔之伦也㊿。诚非媚悦以容

达《庄》论

求乎⑰,故被珠玉以赴水火者⑱,桀、纣之终也⑲;含菽采薇⑳,交饿而死㉑,颜、夷之穷也㉒。是以名利之途开㉓,则忠信之诚薄㉔;是非之辞著㉕,则醇厚之情烁也㉖。

"故至道之极,混一不分,同为一体,乃失无闻㉗。伏羲氏结绳、神农教耕,逆之者死,顺之者生㉘,又安知贪污之为罚,而贞白之为名乎㉙?使至德之要㉚,无外而已㉛。大均淳固㉜,不贰其纪㉝。清静寂寞,空豁以俟㉞。善恶莫之分㉟,是非无所争㊱。故万物反其所而得其情也㊲。儒、墨之后㊳,坚白并起㊴,吉凶连物㊵,得失在心㊶,结徒聚党,辩说相侵㊷。昔大齐之雄㊸,三晋之士㊹,尝相与瞋目张胆分别此矣㊺。咸以为百年之生难致㊻,而日月之蹉无常㊼,皆盛仆马,修衣裳,美珠玉,饰帷墙㊽,出媚君上㊾,入欺父兄㊿,矫厉才智㉛,竞逐纵横㉜。家以慧子残,国以才臣亡。故不终其天年而大自割㉝,系其于世俗也㉞。是以山中之木,本大而莫伤㉟;吹万数窍相和,忽焉自已㊱。夫雁之不存,无其质而浊其文㊲;死生无变,而龟之是宝,知吉凶也㊳。故至人清其质而浊其文,死生无变而未始有之㊴。

"夫别言者㊹,怀道之谈也㊸;折辩者㊹,毁德之端也㊹;气分者㊺,一身之疾也㊻;二心者㊼,万物之患也。故夫装束冯轼者㊽,行以离交㊾;虑在成败者㊿,坐而求敌;逾阻攻险者㉛,赵氏之人也㉜;举山填海者㉝,燕、楚之人也。庄周见其若此,故述道德之妙,叙无为之本,寓言以广之㉞,假物以延之㉟,聊以娱无为之心㊱,而逍遥于一世㊲。岂将以希咸阳之门㊳,而与稷下争辩也哉㊴!夫善接人者,导焉而已,无所逆之㊵。故公孟季子衣绣而见,墨子弗攻㊶;中山子牟心在魏阙,而詹子不距㊷。因其所以来,用其所以至㊸,循而泰之㊹,使自居之㊺;发而开之㊻,使自舒之㊼。

"且庄周之书,何足道哉!犹未闻夫太始之论、玄古之微言乎㊽!直能不害于物而形以生㊾,物无所毁而神以清,形神在我而道德成,忠信不离而上下平㊿。兹容今谈而同古㉑,齐说而意殊㉒,是心能守其本㉓,而口发不相须也㉔。"

于是,二三子者风摇波荡㉕,相视腼脉㉖,乱次而退㉗,蹭跌失迹㉘,随而望之耳㉙。后颇亦以是知其无实㉚,丧气而惭愧于衰僻也㉛。

达《庄》论

① 伊:发语辞。单阏(chán yān):古代太岁纪年的卯年,这里用来指时辰,即谓卯时。　② 执徐:太岁纪年的辰年。　③ 权舆:开始,萌生。扬雄《羽猎赋》说冬天十二月是"万物权舆于内,徂落于外",意谓万物体内开始萌发生长,但外表却在凋落。此用其意,但指秋季,因为秋季也是这样的季节。时:季节。　④ 季秋:秋天最后一个月。遥夜:长夜,秋分之后,昼短夜长。这句说月份是农历九月。　⑤ 先生:实即作者自命。翱翔:形容轻快自如。　⑥ 遵:沿着。赤水:神话的水名。《山海经·西山经》说,赤水出昆仑之丘,"而东南流注于泛天之水"。　⑦ 隐坌(bèn):当作"隐弅(fēn)"。《庄子·知北游》:"知北游于玄水之上,登隐弅之丘。"是寓言的地名,意谓隐蔽而突起的山丘。　⑧ 曲辕:《庄子·人间世》载,"匠石之齐,至乎曲辕",也是寓言中的地名,意谓道路曲折拐弯,行车不便。　⑨ 顾:回头看。泱漭(yāng mǎng):无限广大。司马相如《上林赋》:"过乎泱漭之野。"此反用其语,说回头看人间无限广大的州郡。　⑩ 恍然:与下句"忽然"为互文,都是忽然有所觉悟的意思。　⑪ 不识:不知道。所以行:旅行的原因。　⑫ 愀(qiǎo)然:脸色不快。白素:白色,此指秋冬草木凋落、山野苍白的大地。《淮南子·本经训》:"野莽白素。"此承上文而说先生游了一大圈,结果很不愉快地回到了严寒苍白的大地。　⑬ 平昼:平时白天。　⑭ 隐几:靠着案几。"几"是桌上或座旁小几,供人依靠使用,不是现在的茶几。　⑮ 缙(jìn)绅:做官的士大夫。　⑯ 相与:互相之间。闻之:告知先生回来这件事。　⑰ 撰辞合句:等于说"遣词造句",做文章。　⑱ 启:是说彼此启发。

所常疑:平时曾经怀疑过的,指对先生的怀疑。常,同"尝",曾经。 ⑲ 阌:同"窥"。阌鉴,察看。整饬(chì):整顿。这句是说缙绅们在去见先生之前,互相提醒察看,整齐衣服。 ⑳ 嚼齿:咬牙切齿,指最仇视先生者。先引:在前面引路。 ㉑ 推年:按年辈排列先后。蹑踵:一个跟着一个。 ㉒ 奕奕然:神气活现。步:走。 ㉓ 膌膌(zhài)然:胖乎乎的样子。膌,肥肉。 ㉔ 投迹:等于说一步踩个脚印。蹈阶:高步跨登台阶。 ㉕ 趋:快步。翔至:形容又快又故作从容。 ㉖ 差肩:肩挨着肩。 ㉗ 恭袖:恭敬地袖着手。检:行为拘谨。 ㉘ 犹豫:迟疑不定。相临:一个个面面相对。 ㉙ 占:问卜释疑,这里是开口问难的意思。 ㉚ 击势:攻击的气势。大言:大声说话。 ㉛ 唐:唐尧。虞:虞舜。都是儒家认为的圣君。 ㉜ 文、武:周文王和周武王,也是儒家心目中的圣君典范。裔:后嗣。这句是说在圣人后裔当中长大。 ㉝ 成、康:周成王和周康王。《史记·周本纪》说,成、康之世,"天下安宁,刑错(刑罚措施)四十余年不用",所以成为盛世的典故。隆:兴盛。 ㉞ 盛:兴旺发达。今者:当今。 ㉟ 六经:儒家六部经典的专称,即《易经》《尚书》《诗经》《礼记》《春秋》《乐经》(今佚)。见《咏怀诗》其六十注。 ㊱ 迹:行迹,此指儒家发展的路。 ㊲ "被沙衣"三句:《汉书·江充传》载,江充告发赵太子丹后,初次受汉武帝召见,穿平常衣服,即"纱縠禅(同'单')衣,曲裾后垂交输,冠禅缅步摇冠,飞翮之缨"。此"雄杰"自述穿戴,实即江充当时穿戴,表示自己蒙受皇帝恩宠。但江充是小人,诬陷制造冤狱,以迎合汉武帝而得宠。作者有意暗用江充典故,以勾勒讽刺"雄杰"嘴脸。被:穿。沙衣:当作"纱衣",即指"纱縠禅衣",是绉纱单衣。冠:戴冠帽。飞翮(hè):即指"飞翮之缨",是用羽毛修饰的冠带,系冠时两端作展翅状。垂:拖,曳。曲裙:即指"曲裾后垂交输",像古代妇女穿的下裙,裙边曲褶,下拖出两角,作燕尾状,用两块布交叉缝在裙子上,所以称"后垂交输"。　㊳扬:扬帆。"扬双鹢"即扬帆远航的意思。双鹢(yì):同"双鹢",船头画一对鹢鸟的大船,是贵官所用。有日:有指望的一天。这两句连上三句意思是说,皇帝已召见了我,富贵指日可待了。　㊴至道之要:是说儒家圣人之道的要略。异之:与圣人之道不同。斯:如此。　㊵大人:这里是尊称君上的贵人。称:赞扬。之:指圣人之道。　㊶细人:等于说"小人",这里是谦称自己身份卑微。承:接受。　㊷至教:等于说"极其高明的教诲"。　㊸发:启发,开导。其:第三人称用作自指代词。　㊹子:尊称对方,等于说"您"。　㊺贵生:以生长万物为贵。生,一作"顺"。　㊻贵贞:以忠贞守节为贵。　㊼修:修饰,阐发的意思。　㊽名:名称。　㊾分:区别。　㊿经:一定的界限。　㉛务利:以谋利为事业。高势:以求势为高尚。　㉜重:贵重。㉝庄周:即战国时道家思想家庄子,姓庄,名周。乃:加强语气词,略同"竟然""居然"。齐:以为相同。一:以为一样,没有差别。㉞"以天地"二句:是说天和地都是一种物件,没有差别;天下所有不同种类的东西都跟一个指头一样,是一种东西,没有差别。此连上句概括庄子的齐物观,可参见《庄子·齐物论》。庄子在《齐物论》中说,天地就是一个手指,万物就是一匹马,它们根本就是同一种类的。所以他认为:"天地与我并生,而万物与我为一。"天地万物和人以及我这个人,都属一类。　㉟无乃:不是吗?微惑:此指故意制造迷惑。微,同"邀",求取。贞:同"正"。　㊱容与:从容自在。㊲俛:同"俯",低头。　㊳仰:抬头。流眄(miàn):顾盼左右。 (59) 嘘噏(xī):呼吸。噏,同"吸"。这句是说,吸一口气,提提精神。 (60) 阆(làng)峰:阆风山,传说的仙山,在昆仑山中。 (61) 资:凭借。端:整齐的礼服。冕:官帽。 (62) 服:驾驭。骅骝:良马名。 (63) 昆仑:山名,神仙居住的地方。 (64) 没:死。反:同"返",回来。 (65) 常服:凡人穿着。饰:修饰打扮。 (66) 凡乘:凡人乘骑。耳:罢了。 (67) 矫腾:高高地飞腾。增城:神话的九重城阙,在昆仑山下。 (68) 玄圃:也是昆仑山中地名。 (69) 烛龙:神名,《山海经·海外北经》说是钟山之神,又名烛阴,"人面,蛇身,赤色","视为昼,瞑为夜,吹为冬,呼为夏,不饮,不食,不息,息为风,身长千里"。一说,烛龙为神话的龙名,衔烛以照太阴,长千里。"光"指烛光。 (70) 一堂之上:喻局促狭小。 (71) 钟山:即指烛龙,为钟山之神。 (72) 曲室:深室,密室。曲室之内:指隐秘之事。 (73) 堕:使堕落,摧毁。崔巍:山势雄伟高大。崔巍之高:指那位雄杰所说的高论。 (74) 杜:杜绝。衍谩:夸张荒诞。衍谩之流:指那位雄杰所说的至道。 (75) 所由:由来,原委。 (76) 几:庶几,不定语气词,表示愿望,等于说"但愿差不多"。寤:同"悟",觉悟。获及:能赶得上。 (77) 自然:指混沌一片的大自然。古人以为是造化天地万物的本源。 (78) "万物"句:《周易正义·叙卦》说:"有天地,然后万物生焉,盈天地之间唯万物。"即此句所本。 (79) 无外:大自然造化就是一切,包括一切,其内涵与外延同一,没有其他任何外在空间和事物,所以说"无外"。 (80) 故天地名焉:是说大自然造化无外,普遍存在,所以说不出特殊性,没有标明特殊的名称,而天和地是从大自然产生的,有内外可分,有特殊性,所以说天地有标明特殊的名称。《老子》"名可名,非常名",就是这个意思。 (81) 有内:天有天的范围,地有地的范围。　㉘故万物生焉：天地有各自范围,便产生了各自范围内的种种事物。　㉝当：面对。这句是说面对大自然无外的客观事实,下句"当"也是面对的意思。　㉞异：和下句"殊",都指不同认识而言,句意都是说,谁也没有不同的议论。这是表明作者认识的根本出发点,是不容置疑的大前提。　㉟流：流水。其燥：地面干燥。　㊱抗：高举。其湿：天空潮湿。　㊲随：指日月相随。　㊳解：分开,指天地开辟。合：指天地相合。　㊴升、降：指升天降地。　㊵"在地"二句：是说天地日月阴阳作用于地便是地理,作用于天便成天文。此下即列举天文地理自然现象。　㊶蒸、散：指天空潮气的蒸发和扩散。　㊷炎：地上冒火光。　㊸形：指地形物态。《易经·系辞上》："在地成形。"　㊹象：指天文形象。《易经·系辞上》"在天成象。"　㊺朔：指太阳初升。朝：早。　㊻晦：指太阳落山。冥：夜。　㊼通：指水流畅通。　㊽回：指水流回旋停贮。　㊾平：平原。　○100积：积土。　○101"男女"四句：《周易正义·说卦》说："天地定位,山泽通气,雷风相薄,水火不相射。"是这四句所本。"男女同位"即"天地定位",是说家庭男女的地位是按照天地的大义来确定的；"山泽通气"是说山和沼泽是地的两种不同形态,但是它们享有一样的自然元气；"雷风不相射"是变通"雷风相薄","相薄"是互相轻薄的意思,亦即"不相射",不相掺和的意思,所以"雷风不相射"是说雷和风两类不同的天象互相不相掺和；"水火不相薄"是说水和火互相不接近。"薄"是迫近的意思。　○102"天地"二句：《易经·乾卦文言》说,大人是"与天地合其德,与日月合其明",此用其语,是说天与地是共有功德的,日与月是都顺光明的。　○103自然一体：是说天地日月同为大自然一个本体。　○104经其常:是说以自然的一定常规为万物的界限。　⑩⑤入:指日落。幽:黑暗。　⑩⑥出:日出。章:明显。　⑩⑦"一气"二句:是说上述种种自然现象都是同一元气的兴盛衰落的表现,所以实际是元气的变化,根本不伤害元气本质。　⑩⑧是以:因此。重阴:重重阴云。⑩⑨异出:特殊事物的出现,非异出,即谓是正常现象。　⑩⑩殊物:特殊东西,非殊物即谓是大自然正常事物。　⑪⑪"故曰"四句:《庄子·德充符》载,鲁国有个残一足的学者叫王骀,享有跟孔子一样高的声望,拥有跟孔子一样多的学生。有个贤人常季,问孔子为什么这个残疾人能与孔子成就相同,孔子譬喻说:"自其异者视之,肝胆楚越也;自其同者视之,万物皆一也。"此用其语,借以说明上述天地日月一系列现象。肝胆楚越:肝、胆都处人体之内,相隔很近,但从它们的不同来看,就像楚国、越国地域相隔东西,区别很明显。万物一体:万物的本体是一个,实质上是同类,并无区别。　⑪⑫体:体现。自然之形:大自然造化的形态。　⑪⑬"身者"四句:这四句的理论依据本《易经·系辞上》。"身者"句是说,人的身体是男女结合的产物,既体现"精气为物",又体现女阴男阳的阴阳之道,所以说是"阴阳之精气"。"性者"句是说,人的本性如同万物一样,既是阴阳之道的完善运行,又是阴阳之道完成的表现,而"五行"即天地日月星、金木水火土、东西南北中、宫商角徵(zhǐ)羽等一系列成五的范畴,都是阴阳之道派生的,所以人的本性应当是"五行之正性",是阴阳五行的正常位移的体现。"情者"句是说,人的情欲即喜怒哀乐等七情六欲,是"游魂为变"的体现。"神者"句是说,人的精神主宰人的言行,是体现了大自然造化驾驭天地的道理的,如同万物化成生长,天地乾坤成象效法,阴阳之道不测,都是体现着大自然造化的形态性质的。 ⑭生：生命。 ⑮寿：长寿，指物的自然寿命。 ⑯推：推论。之：指"物无不寿"的道理。 ⑰夭：短命，指非自然寿命的结束。 ⑱"自小"四句：《庄子·秋水》载北海若语，说大小的数量差别，都是相对的。比之大，便是小；比之小，便是大，懂得这个道理，任何东西都可以既是大的，又是小的。此用其语意。 ⑲"殇(shāng)子"四句：语本《庄子·齐物论》。殇子：夭折而死的人。彭祖：传说是上古颛顼(zhuān xū)的玄孙，从唐尧时活到商末，活了七百六十七岁，后来不知所终。古人多作为长寿的典故。秋毫：禽兽在秋冬生长的细毛。太山：即泰山，古以为东岳，是天下最高的山。 ⑳"故以"二句：用《庄子·德充符》所载无趾问老子的语意。一贯：把钱物用绳子串在一起，比喻变成一个相连不分的东西。是非：即老子所说"可不可"，指言行的是非观念。一条：一根树枝，此喻人的是非观念原是根本相同的派生物。 ㉑别：区别，分开。 ㉒异名：两个不同的名称。 ㉓一毛：一样的毛。 ㉔分处之教：是说把万物分别开来处理的教义。 ㉕云：说法，论调。 ㉖致意之辞：说明大意的文辞。 ㉗"大而"二句：是说从大的角度来看天地万物，则到最大的极端便没有外延，包括了宇宙的一切。 ㉘"小而"二句：是说从小的角度来治理万物，则大小万物都各有自己的限制。 ㉙守：遵守。什五之数：指法家的治民行政组织。参见《管子·立政》篇，其组织以五、十为数，故云。 ㉚审：审定。左右之名：指辅助政治的官吏的名分。《大戴礼·保傅》中说，选择左右的官吏是天子治理天下的关键，因而审定官吏的名分便是重要法术。《庄子·天下》说，儒家的经典，如《春秋》便是引导人们归于正确名分的。 ㉛一曲之说：犹如说片面的学说。说，指先秦百家学说。

⑬ 循：遵循。自然：自然之道。推：推理。原作"佳"，同"推"。 ⑬ 寥廓：广阔远大。寥廓之谈，即谓老、庄学说。 ⑭ 耆：同"嗜"，嗜好。 ⑮ 施：实行。 ⑯ 处官：据有官位。"官"兼指人体器官耳目和朝政百僚名分。易司：改变职掌。这句是说耳目和百僚各有职掌范围，互相不变换。 ⑰ 举：完全。奉：供奉给养。其身：兼指身体和国家整体。 ⑱ 以：用来。绝：断。 ⑲ 好异者：爱好怪异的人，即谓不正常的人。 ⑭ 本：根本。 ⑭ "各言"二句：是说各自都说，我只顾自己罢了，何必要等待供奉那些呢？彼：那些，指身体和整体的需要。 ⑭ 还：同"环"，来回往复，指互相之间不断矛盾斗争。 ⑭ 奔欲：任随情欲而放纵。适：合。性之所安：本性安宁的需要。 ⑭ 疾疢(chèn)：同"疾疢"，疾病。生意：生活气息。 ⑭ 至人：最通达的人。庄子以最体现自然之道的人为"至人"。 ⑭ 恬：恬淡。 ⑭ 情：指情欲。 ⑭ 神：神魂。离：散。 ⑭ 与阴阳化：跟阴阳之道一起变化。不易：不变其真。 ⑮ 从：跟着。不移：不改其真。 ⑮ 究：完成。寿：天然寿命。 ⑮ 循：沿着。宜：适当归宿。 ⑮ 平治：平稳调理。 ⑮ "是以"二句：《庄子·在宥》载，黄帝到崆峒山去向广成子请教"至道"，以求养民，繁荣万物。广成子告诉黄帝，客观世界无穷，人的认识不尽。得道的人可以成为三皇、五帝以及帝王，失道的人则只能看见一点光明。但他们都不免变为土灰。天下万物昌盛，也都是生于土而复归于土。所以广成子要离开世俗，"入无穷之门，以游无极之野"，"与日月参光"，"与天地为常"，便能永存。广成子：《庄子》中体现自然之道的寓言人物（后传为道教的至尊上仙）。崆峒山：广成子栖居的地方，或说在甘肃，或说在河南。无穷之门：意指道家最高境界，可以认识造化的无穷奥秘，与

达《庄》论

97

天地日月共存。　⑮"轩辕"二句："轩辕"即黄帝。阜：大丘。玄珠：象征道家真谛的宝珠。《庄子·天地》载黄帝出游赤水,登昆仑,归来后发现遗失了玄珠。于是,派知、离朱、喫诟去找,但都没找到。最后派象罔去,却找到了。此用其事。寓意是：黄帝是人间天子,因不懂自然之道为根本,所以到了仙境却丢了根本。然后再依人间知识,派了"知"(即聪明人)、"离朱"(即眼明人)、"喫诟"(即强辩人)去找,却不知道家珍宝只有"罔象"(即没有形象的无心人)才有可能找到。　⑯潜身者：隐居遁世的人,即指广成子之类。　⑰离本者：脱离根本的自然之道的人,即指黄帝一类人间圣贤。　⑱"冯(píng)夷"二句：《庄子·秋水》载,秋天涨水,"百川灌河",河水很大,河伯冯夷"欣然自喜,以天下之美为尽在己"。他顺流到了北海,"东面而视,不见水端",于是望洋兴叹,对海神若说,如果不是亲眼看到北海的无穷无尽,自己决不会发现自己的渺小可笑。　⑲"云将"二句：《庄子·在宥》载,云的统帅云将在扶桑遇见自然元气之神鸿濛,倨傲地向鸿濛请教养育群生之术,鸿濛掉头连声回答"吾弗知"。三年后,云将又遇见鸿濛,把自己治民失败的情况告诉鸿濛,再要求鸿濛指教。鸿濛见云将深受治人术之害,就告诉云将回去养心,"徒处无为,而物自化"。云将觉悟了,感叹自己知道太晚。此指其事。"不失"即谓如果云将不在初遇鸿濛时妄自尊大而造成失误和灾害,如果没有这样的教训,他就不体会自己知道得少。　⑳斯：这,指上述二事。　㉑自是：自以为是。章：同"彰",光彩。　㉒自建：建立自己的功业。立：树立,成功。　㉓守：保持。有：天然所有,不是人为占有。有据：有根据,保持得住。　㉔持：拿着。无：指天然所无,而是人为占有。无执：拿不住。　㉕月弦：残月时。满：满月时。

⑯"日朝"三句：据《淮南子·天文训》所载，太阳从旸谷升起，在咸池沐浴。到达悲泉便停下休息。此用其事，借以说明太阳运行过程。朝：早晨。袭：到达。咸池：太阳沐浴处，是阳谷的下一站。留：停留。阳谷：即旸谷，日出处，在咸池前方。悬车：指黄昏前的一段时间。见《咏怀诗》其二十五注。入：太阳没落。　⑯丧：丧失。　⑯争明：争辩明白。　⑯欲：欲望。自足：自然充足。　⑰受实：得到实惠。　⑰道：即自然之道。　⑰作智造巧：耍弄聪明，造作巧妙。害于物：对万物有害。　⑰明著是非：明白揭示出是非的区别。危其身：危害自己。　⑰修饰：指礼俗修饰。显洁：显扬清白。惑于生：对生活意义迷惑不解。　⑰贞：贞节。　⑰自然之理：按照自然之道而治理万物。作：振作。　⑰泰：太平安宁。争随：抢先出来，此指日月失序。　⑱失期：失去正常时期。无分：没有区别。　⑲逐：角逐。　⑳舛(chuǎn)倚：违法邪行。　㉑乖离：不合，分散。　㉒复言：实践许诺，说到做到。信：信义。《左传》哀公十六年载，叶公子高批评白公胜说："周仁之谓信，率义之谓勇。吾闻胜也好复言，而求死士，殆有私乎？复言，非信也；期死，非勇也。"此用其词，是说以履行诺言来求取信义。　㉓梁下：桥下。《庄子·盗跖》："尾生与女子期于梁下，女子不来，水至不去，抱梁柱而死。"盗跖认为这类信义是"离名轻死，不念本养寿命者"，不足取。此指其事，意谓"复言求信"就是这类愚诚。　㉔克己：约束自己。为人：为了他人，即指"仁者爱人"之谓。语出《论语·颜渊》。此指其言，是说用约束自己来求取仁义。　㉕郭外：等于说城外。《庄子·让王》载，孔子见颜回贫穷，劝他出仕。颜回表示不愿意，并说自己有"郭外之田五十亩"，足以自给；有鼓琴足以自娱；学了孔子之道，足以自乐。孔子

达《庄》论

听了,对照自己的言论,承认颜回实行了自己的学说。此指其事。"郭外"即用颜回"郭外之田"语,借以说明克己为人便是颜回安贫乐道的仁义。"郭"一本作"廓",字通。 ⑱窃其:疑当作"窃自",谓私下里。雉经:自杀。《国语·晋语》载,晋献公立骊姬为夫人,废太子申生,立骊姬子奚齐为太子。骊姬谋害申生,有人劝申生逃走,申生认为逃离晋国,不仁不智不勇,有怨君之不义,所以也不对晋献公申诉真相,"乃雉经于新城之庙"。《庄子·盗跖》载盗跖评申生之死,说:"申子(申生)不自理(申诉),廉之害也。"认为这是"士者正其言,必其行,故服其殃,离其患也"。此指其事。 ⑱亡家之子:没落家族的子孙,指晋献公这一家族已趋灭亡。 ⑱刳(kū)腹:开膛破肚。刳腹者指关龙逢、比干、苌弘、伍子胥这类忠臣。关龙逢是夏桀的忠臣,因直谏被斩杀。比干是商纣的王子,因进谏而被挖心致死。苌弘是周灵王的贤臣,因反对晋国攻周,被晋大夫叔向剖腹挖肠而死。伍子胥扶助吴王夫差,因谏夫差而被赐自尽。《庄子·胠箧》批评这些世俗所谓"至知""至圣",都是为大盗积蓄守成的。割肌者:指介子推之类忠臣。介子推是晋文公重耳流亡时的从臣,他曾割下自己大腿上的肉来给重耳充饥。《庄子·盗跖》载盗跖评介子推说:"介子推至忠也,自割其股以食文公。文公后背之,子推怒而去,抱木而燔死。"认为他与尾生一样是"离名轻死,不念本养寿命者"。 ⑱乱国之臣:是政治混乱的国家的臣子,指这些忠臣都出在乱世。 ⑲曜菁华:刘向《九叹·惜贤》用"扬精华以眩耀兮,芳郁渥而纯美"的话来赞美屈原发扬精华,光辉荣耀,芬芳淳厚,纯洁美好。此用其语以指屈原。"曜"通"耀","菁华"同"精华"。被沆瀣(hàng xiè):是说服气饮露,漱阳含霞。此指屈原之类贤人。被,同"披",披戴。沆瀣,"六气"之一,神仙服食的北方夜半空气凝成的露水。　⑲昏世之士:昏乱时代的士人,指他们生活在昏乱时代。　⑫履霜露:指顺从君主的臣民。语出《易经·坤卦·初六》。蒙尘埃:即"蒙尘",语出《左传》僖公二十四年。本指天子逃难在外,此指天子有难而为其奔波的臣民。　⑬贪冒之民:指贪利冒险的臣民。语出《左传》昭公三十一年。　⑭"洁己"句:指屈原这类洁身自好而责怪时世的士人。　⑮诽谤:是指责时政过失的意思。相传唐尧设立诽谤木,据说即后来的华表,其作用是让百姓陈诉揭发时政过失。这句是说,屈原这样的行为便是属于所谓诽谤之类。　⑯"繁称"二句:是说儒家制定礼法制度,是迷惑糊涂之类的东西。伦:类。　⑰诚:确实。容:容貌,指表面形式。孚:信实。　⑱被珠玉:穿戴珠玉,喻极其富贵。赴水火:赴汤蹈火,赴死的意思。　⑲桀:夏桀,夏代亡国之君。纣:商纣,商代最末一位君主,以残暴凶戾著称。终:结局,下场。　⑳含菽:以豆类充饥,指颜回。采薇:采野豌豆充饥,指伯夷、叔齐。参见《咏怀诗》其九注。　㉑交:接。　㉒颜:指颜回。夷:指伯夷。穷:贫穷。　㉓开:开辟通达。　㉔薄:变淡薄,削弱。　㉕是非之辞:即"繁称是非",指争辩是非的说辞。著:清楚明显。　㉖醇厚之情:纯朴浑厚的情操。烁(shuò):熔化,犹如说没有了。　㉗"至道"四句:是概括老庄之道的基本要点。"至道之极"指最高的道的终极,即精粹和根本,此指老庄之道。老、庄的道是自然之道,它的根本便是认为大自然造化之初的混沌存在,是万物之原始。所以它是"混一不分"的,又是"同为一体"的,因而人类对它无所知闻,就是"乃失无闻"。《庄子·缮性》篇对此曾有类似的评价,可参看。　㉘"伏羲氏"四句:《易经·系辞下》说上古时代,伏羲氏发明结绳为

达《庄》论

网,用来打猎捕鱼;神农氏创造耒耜农具,教人民耕种田地。《庄子·缮性》说,在原始时代后期伏羲氏、神农氏的世代,道德逐渐衰落,人民只能顺从他们的统治,否则便不能生存。　⑳⑨"又安知"二句:承上四句说,正由于这时代的人民以顺从为德,因而不知贪污,统治者也不须惩罚贪污,正由于人民不知贞洁,因而也就不须争取贞洁的名誉。贪洿:同"贪污"。之为:这是。　⑳⑩ 使:倘使说。至德:最高的功德。要:主要之点。　⑳⑪ 无外:即上文所说"自然者无外",指自然。参见前注。而已:罢了。　⑳⑫ 大均:大的平均,指人各安于大自然给予,便能达到最大的平均,得以各自的满足。《庄子·徐无鬼》说,"知大均"是知道至德的一个重要方面。淳固:是说淳厚朴质可以巩固。　⑳⑬ 不贰:没有正副,只有一个。纪:指天下的纲纪。　⑳⑭"清静"二句:语见《庄子·天道》篇。空豁:即谓空虚。以俟:用以等待,即谓"虚则实"。　⑳⑮ 莫之分:无人需要分别。⑳⑯ 无所争:无需争辩。　⑳⑰ 反其所:回到各人自然的所在。其情:指人们的自然情性。即《庄子·缮性》所说"反其性情而复其初"。⑳⑱ 儒、墨:儒家和墨家,是春秋时代兴起的两大思想流派。　⑳⑲ 坚白:指先秦九流之一的名家学派,其代表学者公孙龙子的著名论点是"白马非马"。"坚白"是这个学派的一个名辩论题。　⑳⑳ 吉凶连物:是说人们把吉凶与物质财富联系在一起。　㉑ 得失在心:是说人们心里有了得失的计较。　㉒ 相侵:互相攻击。以上六句也是庄子思想,参见《庄子·在宥》篇。　㉓ 大齐之雄:指齐宣王时的"稷下学士"一类杰出人物。战国时,齐国城的稷门设立学馆。齐宣王时,稷下学馆聚集了许多学者,百家争鸣。《庄子·天下》提到的稷下学者有宋钘、尹文、彭蒙、田骈、慎到等人。　㉔ 三晋:指战国时从晋国分裂独立的韩国、魏国、赵国。三晋之士：指韩、魏、赵三国的学者，如儒家荀子、法家慎到、名家公孙龙子都是赵国人，韩非子是韩国人，庄子的朋友惠施虽是宋国人，但主要在魏国活动等。 ㉕瞑目：形容沉思默想。张胆：表示激动兴奋。 ㉖咸：都。百年之生：人活一百岁。致：达到。 ㉗蹉：蹉跎，岁月白白消磨过去。 ㉘帷：帐幔。这句说装饰厅堂居室。 ㉙出：出仕，做官。 ㉚入：回家。 ㉛矫厉：标榜磨炼。 ㉜竞逐：竞相争逐。纵横：合纵连横，此指以辩辞求富贵。 ㉝慧子：聪明子女。残：破落。 ㉞终其天年：因自然寿命终了而死亡。大自割：对自己大施宰割，即谓自我夭折。 ㉟系：束缚。这句是说人们自我夭折的原因是自我束缚于世俗。 ㊱"是以"二句：《庄子·山木》载，庄子在山里见人伐木，不伐大树而只伐周围小树。庄子问为什么，伐木人回答："无所可用。"庄子说："此木以不材得终其天年。"此用其事。木：树。本：根干。 ㊲"吹万"二句：是说大树被风吹动，各种孔穴发出各种声响，互相唱和，一会儿风停声歇，大树还是大树。见《庄子·齐物论》。 ㊳"夫雁"二句：《庄子·山木》载，庄子从山里出来，住在他朋友家，他朋友抓到两只大雁，准备杀了后烹饪招待他，结果只把那只不能鸣的大雁杀了。这就是"以不材死"。此用其事，是说这只不鸣叫的雁被杀，是因为它既无山木一样自然无为的本质，又不能鸣叫，自乱其文，徒具外表。因此被人觉得无用，遭到了受宰割的命运。 ㊴"死生"三句：《庄子·外物》载，宋元君得到一只白龟，在究竟是放还是不放的问题上，他先是迟疑不决，后来通过占卜，得到答案，终于杀龟剥甲，以钻孔卜筮。结果用它占卜七十二次，无一不灵。《史记·龟策列传》载，宋元君杀龟前曾征询博士卫平的意见，卫平先劝宋元君留龟为国龟,但宋元君最后仍杀龟卜吉。此即用其事,意思是说,除上述二类外,还有一类,比如龟,生和死都不能改变它的本质,它无论生死,都知道吉凶,因而龟就成为人所宝贵的神物。 ㉔⓪"故至人"二句:是说至人是本质清洁高尚而完全不顾外表修饰、无论生与死都不改变自己的本质,而且从一开始就从未注意过外表的修饰。 ㉔①别言:不同派别的学说,指百家学说。 ㉔②怀道:怀抱道术。庄子承认百家学说各有一技,所以说他们胸怀道术。 ㉔③折辩:辩论折服对方。 ㉔④毁德:指诽谤行为。端:开端,起头。 ㉔⑤气分:人的气质所造成的分别。 ㉔⑥一身:一个人的身体。 ㉔⑦二心:泛指对道的不同见解,所以下句说患害万物。 ㉔⑧装束:整理行装。冯轼:靠在乘车前横木上。这句是说仕途上追求富贵的人。 ㉔⑨行:行为,行动。离交:离间交谊,即谓使人们互不交往。 ㉕⓪虑在成败:考虑国家事业的成功和失败。《战国策·秦策》载范雎语:"圣主明于成败之事。"此用其语。虑在成败者,意指帝王。 ㉕①逾阻攻险:越过阻难,攻击艰险。这句指勇武之士。 ㉕②赵氏之人:指战国时赵国开疆拓土的君王,比如赵武灵王。 ㉕③举山填海者:移山的愚公之类。事见《列子·汤问》。愚公所移太行山、王屋山,本在"冀州之南,河阳之北",山石"运于渤海之尾"。后来太行山被移到雍南,在古楚国地;王屋山移到朔东,在古燕国地,所以下句说是"燕楚之人"。 ㉕④寓言:假借虚构的人物故事来论述某种思想。广:扩大。"寓言以广之"化用《庄子·天下》"以寓言为广"语。 ㉕⑤假物:指借客观事物以论述某种思想。延:延长。《庄子·寓言》:"卮言日出,和以天倪,因以曼衍,所以穷年。"是说论理的言辞曼衍,随物变化,不断出新就像酒杯一样斟了就满,倒了就空,这就是"卮言",也即是"假物以延之"。 256 聊:姑且。娱:使愉快。 257 逍遥:得意自在。一世:一个时代。 258 希:愿望。咸阳:秦代都城。进都城,即谋求富贵。 259 稷下:指战国齐国都城稷门的学馆,此指各派学者。参看前注。 260 接人:与别人交往。 261 逆之:反对交往者。 262 "故公孟"二句:《墨子·公孟》载,儒者公孟子"戴章甫(礼衣、礼帽)搢笏,儒服而以见子墨子",问道:"君子服然后行乎?其行然后服乎?"墨子虽不同意公孟子的见解和行为,却不非难他,而是以"行不在服""其服不同其行"来引导他。此用其事。公孟季子:即指公孟子,事迹不详。衣绣:指穿礼服。见:去见墨子。攻:辩论上的进攻。 263 "中山"二句:《庄子·让王》载魏国公子中山牟问詹子,如果人在隐居,而心里却想富贵荣华,该怎么办?詹子并没有因为公子牟思想矛盾而拒绝回答,而是善意地开导了他。所以詹子是"善接人者"。詹子:魏国的贤人。距:同"拒",拒绝。 264 "因其"二句:是说要分析他们来的原因和去的动机。因:乘,借。来:指公孟季子来见。用:利用。至:指子牟向往江湖隐居的思想倾向。 265 循:沿着。泰之:使他想通。 266 自居之:自己处理自己提出的问题。 267 发:点拨,启发。开:打开。 268 使自舒之:使他们(问者)自己去寻找答案,从而感到舒畅。 269 夫:那个。太始之论:关于天地开辟的泰初原始的理论。玄古之微言:关于遥远太古的精微学说。 270 直:同"值",价值。 271 离:背离。上下平:君上和臣下保持平衡。 272 兹:这,指这席谈论。容:容许。今谈:今天的谈论。同古:思想与古代庄子相同。 273 齐说:说的都是庄子思想。意殊:阐发的思想并不一样。这句是对儒生说的。 274 是:这是。守其本:保持庄子本意。 275 口发:嘴里说起来。不相须：不符合心里想的，即说的不一定清楚。　㉖二三子：《论语·述而》载孔子称呼他的弟子为"二三子"，后用以称弟子门徒。这里指称文章开始所说的缙绅好事之徒。　㉗腷脉：脉搏膨胀。㉘乱次：乱了次序，乱了套。　㉙踬跌：同"踢跌"，两脚相碰而跌倒。失迹：找不到回去的路。　㉙耳：一本作"其"，则连下句为读。㉛以是：由于这次谈论。其：第二人称用作自指代词。　㉜衰僻：是说知识僻陋。

翻译

清晨卯时光景，正值辰年万物代谢之季，暮秋夜长之时，先生漫步徘徊，轻快自在，迎着秋风，出游去了。他沿着赤水向前走，来到隐岕登上山，面对着曲辕的曲折道路，回头看无垠旷远的人间州郡。他恍然有所觉悟地停了步，很快就结束了旅行。他不知道以前为什么出来旅行，现在为什么停止下来。他惆怅，觉得没有乐趣，满脸不快地回到了凋零苍白的大地。平时白天里，他生活闲适，靠在案几上弹琴消遣。

于是，士大夫中的好事之徒，互相传递这个消息，一起商量编词句作文章，彼此启发平时对先生的疑窦。然后大家就窥镜察看，整饰衣服，一个切齿痛恨先生的士大夫在前头引路，其他人按年辈先后紧跟着，相随朝先生家前进了。他们神气活现地走着，胖胖乎乎地看着，一踩一个脚印，高步迈上台阶，快步而又显得从容地到了先生屋里。一个个肩挨肩地坐下，袖手恭坐，拘谨局促，犹犹豫豫,面面相觑,没有一个肯先开口责难。

有一个人,是他们当中为首的杰出好汉,就睁大愤怒的眼睛,摆出攻击的架势,大声说道:"我们在唐尧、虞舜的时代之后出生,在周文王、武王的后代中成长,在周成王、康王的盛世游学,在当今这个时代我们意气昂扬,十分兴旺,诵读的是六经的教义,学习的是我们儒家的事迹。我们穿着绉纱单衣,戴着羽缨的冠帽,套着拖衣角的曲边裙,我们扬帆远航的一天不远了。然而我们还没有听说过最高的道的要略,难道它跟我们儒家的道有什么不同吗?况且这是尊贵的大人称道的,卑微的小人接受的。我们愿意听听您至上的教诲,来启发我们的疑惑。"

先生说:"您疑惑的是什么?"

客人说:"天的道理以生为贵,地的道理以正为贵,圣人阐发这个道理,因此建立了天地的名称。天地之间,吉凶是有区别的,是非是有界限的,人们以利益为必需,以势力为高尚,厌恶死亡,贵重生存,所以天下安定而大功告成。如今庄周竟然认为祸福是相同的,死生是一样的,把天和地看成一件东西,把万千物类看成一个手指,这不就是制造迷惑而丢掉正道,却又自以为是诚信了吗?"

于是先生就从容自若地摸了摸琴,感慨地叹了口气,低头微笑,抬头顾盼,深深呼吸,提提精神,谈了他的见解,说道:"从前有人要到神仙的阆风山上去,穿一身整齐的礼服,套一辆骅骝拉的马车,到了昆仑山下,结果死了,没有回来。整齐礼服是平常人穿着的衣饰,骅骝马车不过是凡夫俗子的乘具而已,都不是用来让自己飞腾到仙境层城、旅游到神山玄圃去的手段啊!况且烛龙的烛光,并不只在一间堂屋里照射;钟山之神的口舌,也不在小小密室里发论。现在我要摧毁那雄伟高大的高论,杜绝这荒诞胡说的流言,说一说您的言论的由来,或者有希望使您觉悟,还来得及吧!

"天地是从自然产生的,万物是在天地中产生的。自然之外,再也没有别的存在,所以从自然产生的天和地就有了名称。天地有各自的范围,便产生了各自范围内的种种事物。对着自然无外这一事实,谁能提出异议呢?对着天地有内这一事实,谁能说出殊论呢?地面有流水,因为它干燥;天空向高升,因为它潮湿。月亮从东面升起,太阳从西面落下。月亮跟在太阳后面,是为了顺从太阳;天地从自然中分开,然后再上下联合起来。凡向天上升的,就叫做'阳';凡向地下落的,就叫做'阴'。凡是在大地出现的,就叫做'地理';凡是在天空出现的,就叫做'天文'。天空蒸发的叫做'雨',扩散的叫做'风'。地上冒火光的叫做'火',凝结的叫做'冰'。地上成形的叫做'石',天上成象的叫做'星'。太阳初升叫做'清早',太阳落山叫做'黄昏'。水流畅通叫做'川',回旋叫做'渊'。平原叫做'土',积土叫做'山'。男和女同在天地中具有一定的地位,山和沼泽在天地中共通自然的元气。雷和风则互不掺和,水和火也不相接近。天地联合而产生功德,日月相随而发出光明。自然是混然一体的,那么万物就以自然的常规为各自的界限。日入叫做'黑暗',日出叫做'明亮'。它们都是同一元气的兴盛衰弱的现象,表面发生变化,而实质并不损伤。因此,重重阴云,雷鸣电闪,都不是异常现象;天地日月,也不是特殊物体。所以说,从它们之间的差异来看,那么人体内相连不分的肝和胆,就像地域中的楚国和越国,距离很远,差别很大。从它们之间的共同本质来看,那么万物都是浑然一体的。

"人生存在天地之中,体现了自然的形态。身体是阴阳结合的精气,本性是阴阳五行的正常本性的体现,情欲是人的游魂变化而产生的欲望,精神就像自然造化驾驭天地一样,是主宰人的行为的。从生存方面说,则万物没有不是享有自然赋予的寿命的;依此推理死亡,则万物也没有不是属于人们所说的短命的。从小的角度看,则万物没有不是小的;从大的角度看,则万物没有不是大的。夭折的孩子是长寿,长寿千岁的彭祖是短命;秋天新生的兽毛是大的,东岳泰山是小的。所以应把死亡和生存看成一根绳子串连着的,是和非是一棵树上生长出来的枝条。分开来说,那么胡须和眉毛是不同的名称;合起来说,那么它们都是人身上一样的毛。那些儒家六经的言论,就是分别对待天地万物的教义;庄周的说法,则是说明天地万物的宏观大意的文辞。庄周从大的方面来看天地万物,就看到最大的极点,直到没有外物存在;儒家从小的方面来治理天地万物,就觉得万物都有各自的限制。那些遵守十个、五个的数目编制,审核君主左右两侧的官员的名称职掌,都是一种片面的学说;而遵循自然、推理天地的,则是广博远大的议论。

"凡是耳目的嗜好,名称身份的实行,据守官职不改变职掌执法,全都是为了供奉整体,不是为了割断手足,分裂四肢身体。然而后世的一些喜欢奇谈怪论的人,不顾这样的根本道理,各人都说我就是我罢了,何必要照顾到那些跟我不相干的整体呢!他们残杀生灵,患害本性,互相不断成为仇敌,截断四肢,割裂身体,不觉得痛。眼睛只看颜色,而不顾耳朵听见什么;耳朵听觉到了,就不管心里想什么;心里只要放纵欲念,就不管适合本性安定的需要。所以疾病萌生,以致生命气息丧尽;祸乱发作,就使万物受残害了。最高尚的人,对生存的态度恬淡,而对死亡的态度安静。生存时恬淡,那么情欲不会惑乱;死亡时安静,那么神魂不会散开。所以他能够与阴阳化合而不变他的本性,能够顺从天地变化而不变他的本体。他活着可以完成自然的寿命,死时可以遵循自然相宜的归宿,心气平稳调理,不会消灭,也不受损失。因此,广成子住在崆峒山上,借以进入自然的无穷之门;黄帝登上昆仑仙山,却遗失了玄珠这个根本的宝物。这样,隐居遁世的人就容易生活,而背离根本大道的人很难与天地永存。

"河伯冯夷如果不遇见北海海神若,那么他就不会认为自己小;云神云将如果不失误于元气之神鸿濛,那么他就无从知道自己知识少。从这样的情况看,自以为是的人不光彩,建立个人功业的人不成功,保持自己天然赋有的人有根据,拿着非自己天赋所有的人保不住。月亮残缺了,就会变圆满;太阳在清晨就到咸池里洗沐,并不停留在太阳升起的旸谷上面,而到了傍晚之后,太阳就要落山。所以追求得益的人反而丧失已有的利益,争辩事理明白的人反而失去已有的知识,没有欲念的人自己很充足,虚心若空的人可以被充实。这就如同山显得安静而山谷显得深邃,是自然之道的体现;从自然得到道而能正确实现的人,是君子的实质。因此,要弄聪明、造作巧妙的人对于万物有害,确凿辨明是非的人结果危害了自己,靠礼俗修饰外表而显示自己高洁的人对于生存起着迷惑作用,怕死而追求生存荣耀的人必定失掉他的贞节。

"所以如果自然的治理不能起作用,天地就会不太平,日月就会抢先出来,早晨和夜晚就会失去定期,白天和黑夜就会没有区别;人们竟争谋利,胡作非为,横行霸道,父子不合,君臣背离。所以,用言诺必践来求得信义的人,是淹死在桥下的尾生式的诚实;以约束自己来替别人着想的人,是城外有田耕食的颜回式的仁爱。私下里自杀的申生之类,是没落家族的子孙;比干之类开膛挖心的人,介子推之类割股奉君的人,都是混乱国家的臣民。光耀自己的精华、披戴夜半寒气的人,是黑暗时代的士人;在霜露袭人的气候中顺从履行职责的人,在天子遇难而到处奔波的人,都是贪利冒险的臣民。以自己的清高来责怪时世的人,以自己的修养来证明时世污浊的人,是批评时政过失错误的一类;繁琐地称说各种是非界限、违背朴质而追求文饰的人,那就是迷惑糊涂的一类。以上各类人确实不是献媚讨好、以外表来谋求信义的。所以,拥有珠玉富贵来赴汤蹈火的,是夏桀、商纣的下场;嚼豆子、采野菜充饥,挨饿而死去,那是颜回、伯夷的穷困。因此,名利的道路一开辟,那么忠心信义的诚实就薄弱;辩论是非的言辞越明确,那么纯朴浑厚的情操就被熔化掉。

"所以最高的道的终极,混沌一团,不能分开,所有一切,同一物体,这就使人类缺乏认识,对它竟无所知。伏羲氏时代,结绳为网,狩猎捕鱼;神农氏时代,教人民耕种务农;反对他们而不肯渔猎耕种的就死亡,顺从他们的就生存,人们又怎么知道贪污要受惩罚,而贞节清白是有名誉的呢?倘使认识最高道德的要略,这就是自然没有外物存在而已。大的平均使万物都安于自然的给予,使淳朴得以稳固,使治理的纲纪只有一个,不需设立正副。天地清静,万物寂寞,空阔开朗,等候自然来充实化成。没有人需要分别善恶,没有什么需要争辩是非。所以万物能够回到自然给予的所在,而得到它们各自情欲的满足。出现了儒家、墨家之后,名家的坚白论都起来了。吉祥凶兆与万物相连,利害得失在心里产生。他们纠结门徒,聚集党羽,辩论立说,互相攻击。从前伟大齐国稷下的英雄,韩国、魏国、赵国三家晋臣的门士,曾经互相闭目沉思,张胆激奋,都来分析区别善恶得失了。人们都认为人生一百年很难达到,而日月时光的消逝又不一定,因而全都大置仆婢车马,修制衣裳,美美珍珠宝玉,装潢帐幔墙壁,出仕献媚君上,回家欺侮父兄,标榜磨炼才能智慧,竞相争逐论辩辞令。家族因为聪明的子孙而败落,国家因为才智的臣下而灭亡。所以都不能享尽自然的寿命,反而自相大肆宰割,就因为把自己束缚于世俗风气。因此说,山里的树木,根干大而没有受到伤害;风吹它的无数孔隙,音响相唱和;风过声歇,很快又恢复大树本来模样。那只不会鸣叫的雁被杀,不得生存,因为它本来已没有了应有的本质,而鸣叫却使它徒具杂乱的外表。还有那生死都不能改变其本质的神龟,被人当成宝物,靠它来预知吉凶。所以最高尚的人使自己本质清高,而使自己外表模糊,无论生死都不改变自己的本质,却从一开始就从未有过修饰的外表。

"那些不同派别的学说,是胸怀道术的一种谈论。为了折服别人的争辩,是诽谤诬蔑行为的开端。如果由于气质而产生区别,则是一个人的疾病。倘若怀有二心,那就是万物的祸患。所以那些整理行装、靠在车前的横木上与人交谈的人,他们行为的目的就是挑拨离间;考虑国家功业成败的帝王,就是坐着不动也会招致敌人;翻越阻难、攻克艰险的好汉,是赵国的君王;移山填海的愚公子孙,是燕国、楚国的人民。庄周看见人们都是这样,所以阐述了道德的奥妙,叙说了无为的本意,写作寓言来推广,假托事物来延伸,姑且用它们来使无为之心获得欢快,而能够自在得意于一个时代。他哪里要用他的学说祈求到京城咸阳的大门里去,而要去和那些稷下的学者争辩啊!善于跟别人交往的人,只不过开导开导罢了,没有什么要反对别人的。所以公孟季子穿着锦绣衣裳去见墨子,而从来主张"节用"的墨子却不攻击他;中山的魏公子牟的心思,其实还在魏国宫阙,却去问詹子仕隐的矛盾,但詹子并不拒绝回答他。他们是乘着问者来问的目的,利用问者欲达的目的,顺着思想脉络使问者思想自通,让问者自己去处理;点拨而开导问者,使问者自己舒畅。

"况且庄周的书有什么值得称道啊!他还没有听说关于天地开辟的泰初原始时代,也还没有听说关于遥远太古的精微学说呢!庄周学说的价值在于能不伤害万物而使形体得以生存,万物不受毁坏而使精神得以清高,形体精神属于我自己而使道德得以完善,忠心信义不背离而使上下太平。这里容许我今天的谈论与古代思想相同,在形式上按照它的思想表述,但精神本质却有不同。这是我心里能够保持庄周的本意,然而嘴上说起来,却不一定符合要求,未必说清楚。"

于是这帮儒家门徒仿佛风吹波动似地动荡不安了,他们互相你看我,我看你,脉搏膨胀,全乱了套,退下去,磕碰跌倒,迷失归途,只会一个跟一个地望着先生了。后来他们当中也颇有几个由于这次谈论而认识到自己不实在,于是精神沮丧,对自己知识僻陋感到惭愧。

大人先生传

　　这是一篇理想化的人物传记。"先生"是对前辈的敬称,"大人"则是伟大人物的意思。阮籍在《通〈易〉论》中说:"大人者何也?龙德潜达,贵贱通明,有位无称,大以行之。"称得起"大人"的,应是光照天下、德泽万物的伟大人物。但本传所记的是道家的"大人",要以自然为本,行无为之治,是体现老庄思想的理想的伟大人物。他既对立于儒家以及魏、晋之际的礼法之士,也不同于愤世嫉俗的隐士和躬耕自全的高士。他比所有这些人物都更为高大。他"超世而绝群,遗俗而独往","不与尧、舜齐德,不与汤、武并功",而以"天地为家",至于"飘飘于天地之外"、"与造化为友"、"与造化推移"。实际上,这位大人先生并不生活在人间,已经是一位理想化和神仙化的人物。

　　据载,这位大人先生有个原型,是当时著名隐士孙登,曾栖居苏门山,后来不知所终。阮籍和嵇康都很崇拜他,曾执弟子礼,到苏门山向他求教。这篇传记的创作可能受孙登言行的影响,大人先生或许有孙登的影子。但既经创作,已属虚构,其典型意义便不限于孙登事迹和影响。实际上,创作此传,旨在阐发老、庄的社会政治理想,批判现实的不合理,揭露其根源,以讽喻当时各种倾向的士大夫。

全文可分为五个部分。先作小序,概括介绍大人先生的思想学识及出处大略,表明这是一位道家的大人先生。其次记叙礼法之士责难和大人先生的批驳,尖锐指斥:"汝君子之礼法,诚天下残贼危乱死亡之术耳!"第三记叙隐士抒愤和大人晓喻,批评这类隐士"薄安利以忘生,要求名以丧体",并不可取。第四记叙樵者对时世的见解和处世的态度,大人认为"虽不及大,庶免小矣"。然后对这类高士予以诱导,长歌抒怀,感慨世乱,颂扬超脱。最后是作者对大人先生的歌颂和对世俗议论的批评。而在对礼法之士的鞭挞,对隐士的批评,对高士的诱导中,大人先生阐述了道家的政治社会理想,抨击了当时社会的黑暗,表达了本传的主题思想。

这篇传记与《达〈庄〉论》一样继承了汉代辞赋答难之类的变体,但有较多发展创造。它构思了几类人物对话,包容了韵散多种文体,以散体为经,纬以骚、赋及五、七、杂言诗歌。而议论犀利,讽刺辛辣,抒愤激烈,说理质直,述怀清雅,写意逍遥,形成了一种特殊的传记体。

大人先生,盖老人也①。不知姓字。陈天地之始②,言神农、黄帝之事③,昭然也④。莫知其生年之数。尝居苏门之山⑤,故世咸谓之闲⑥,养

性延寿，与自然齐光⑦。其视尧、舜之所事⑧，若手中耳。以万里为一步，以千岁为一朝，行不赴而居不处⑨，求乎大道而无所寓⑩。先生以应变顺和⑪，天地为家，运去势隤⑫，魁然独存⑬，自以为能足与造化推移⑭。故默探道德，不与世同。自好者非之，无识者怪之，不知其变化神微也⑮，而先生不以世之非怪而易其务也⑯。先生以为中区之在天下⑰，曾不若蝇蚊之着帷⑱，故终不以为事⑲，而极意乎异方奇域⑳，游览观乐，非世所见，徘徊无所终极㉑。遗其书于苏门之山而去㉒，天下莫知其所如往也㉓。

或遗大人先生书曰㉔：“天下之贵，莫贵于君子㉕。服有常色㉖，貌有常则㉗，言有常度㉘，行有常式㉙。立则磬折㉚，拱若抱鼓㉛。动静有节㉜，趋步商羽㉝，进退周旋㉞，咸有规矩。心若怀冰，战战慄慄㉟。束身修行㊱，日慎一日。择地而行㊲，唯恐遗失㊳。诵周、孔之遗训㊴，叹唐、虞之道德㊵，唯法是修，唯礼是克㊶。手执珪璧㊷，足履绳墨㊸，行欲为目前检㊹，言欲为无穷则㊺。少称乡闾㊻，长闻邦国㊼，上欲图三公㊽，下不失九州牧㊾。故挟金玉㊿，垂文组(51)，享尊位(52)，取茅土㊾,扬声名于后世,齐功德于往古。奉事君上㊿,牧养百姓㉟。退营私家㊱,育长妻子㊲。卜吉而宅㊳,虑乃亿祉㊴,远祸近福,永坚固已㊵。此诚士君子之高致㊶,古今不易之美行也㊷。今先生乃被发而居巨海之中㊸,与若君子者远㊹,吾恐世之叹先生而非之也。行为世所笑,身无由自达㊺,则可谓耻辱矣。身处困苦之地,而行为世俗之所笑,吾为先生不取也㊻。"

于是大人先生逌然而叹㊼,假云霓而应之曰㊽:"若之云尚何通哉㊾!夫大人者,乃与造物同体,天地并生,逍遥浮世⑰,与道俱成,变化散聚,不常其形㊸。天地制域于内㊹,而浮明开达于外㊺。天地之永㊻,固非世俗之所及也㊼。吾将为汝言之。

"往者㊽,天尝在下㊾,地尝在上,反覆颠倒,未之安固㊸。焉得不失度式而常之㊹?天因地动,山陷川起,云散震坏㊺,六合失理㊻,汝又焉得择地而行,趋步商羽?往者,群气争存㊼,万物死虑㊽,支体不从㊾,身为泥土㊸,根拔枝殊㊹,咸失其所,汝又焉得束身修行,磬折抱鼓?李牧功而身死㊺,伯宗忠而世绝㊻,进求利以丧身㊼,营爵赏而家灭⑩,汝又焉得挟金玉万亿,祗奉君上⑪,而全妻子乎⑫!

"且汝独不见夫虱之处于裈中⑬,逃乎深缝,匿乎坏絮,自以为吉宅也。行不敢离缝际,动不敢出裈裆,自以为得绳墨也。饥则啮人⑭,自以为无穷食也。然炎丘火流⑮,焦邑灭都⑯,群虱死于裈中而不能出,汝君子之处区内⑰,亦何异夫虱之处裈中乎?悲夫,而乃自以为远祸近福,坚无穷已!亦观乎阳乌游于尘外⑱,而鹪鹩戏于蓬艾⑲,小大固不相及⑩,汝又何以为若君子闻于余乎⑪!

"且近者⑩,夏丧于商⑩,周播之刘⑩,耿、薄为墟⑮,丰、镐成丘⑯。至人来一顾⑰,而世代相酬⑱。厥居未定⑩,他人已有⑩。汝之茅土,将谁与久⑪?是以主人不处而居⑫,不修而治,日月为正⑬,阴阳为期⑭,岂齐情乎世⑮,系累于一时⑯?来东云,驾西风,与阴守雌⑰,据阳为雄⑱,志得欲从,物莫之穷⑲,又何不能自达而畏夫世笑哉⑳!

"昔者天地开辟,万物并生,大者恬其性,细者静其形,阴藏其气㉑,阳发其精㉒,害无所避,利无所争;放之不失㉓,收之不盈;亡不为夭㉔,

存不为寿⑫;福无所得,祸无所咎⑬;各从其命⑰,以度相守⑫。 明者不以智胜⑲,暗者不以愚败⑳,弱者不以迫畏㉛,强者不以力尽㉜。 盖无君而庶物定㉝,无臣而万事理,保身修性,不违其纪㉞。 惟兹若然㉟,故能长久㊱。 今汝造音以乱声㊲,作色以脆形㊳,外易其貌㊴,内隐其情㊵。 怀欲以求多,诈伪以要名㊶,君立而虐兴,臣设而贼生。 坐制礼法㊷,束缚下民,欺愚诳拙,藏智自神㊸。 强者睽眠而凌暴㊹,弱者憔悴而事人㊺。 假廉以成贪㊻,内险而外仁,罪至不悔过,幸遇则自矜。 驰此以奏除㊼,故循滞而不振㊽。

"夫无贵则贱者不怨,无富则贫者不争,各足于身,而无所求也。 恩泽无所归㊾,则死败无所仇㊿。 奇声不作,则耳不易听○51;淫色不显○52,则目不改视○53。 耳目不相易改,则无以乱其神矣○54。此先世之所至止也○55。 今汝尊贤以相高○56,竞能以相尚○57,争势以相君○58,宠贵以相加○59,驱天下以趣之○60,此所以上下相残也。 竭天地万物之至○61,以奉声色无穷之欲,此非所以养百姓也○62。 于是惧民之知其然○63,故重赏以喜之○64,严刑以威之○65。 财匮而赏不供○66,刑尽而罚不行○67,乃始有亡国戮君溃败之祸。此非汝君子之为乎？汝君子之礼法，诚天下残贼乱危死亡之术耳！而乃自以为美行不易之道，不亦过乎⑮！

"今吾乃飘飘于天地之外⑯，与造化为友。朝飡汤谷⑰，夕饮西海⑰，将变化迁易，与道周始⑰。此之于万物，岂不厚哉！故不之于自然者⑰，不足以言道；暗于昭昭者⑮，不足与达明⑯，子之谓也。"

先生既申若言⑰。天下之喜奇者异之，忼忾者高之⑯。其不知其体⑱，不见其情⑱；猜耳其道⑱，虚伪之名⑱；莫识其真，弗达其情。虽异而高之，与向之非怪者⑱，蔑如也⑱。至人者，不知乃贵⑯，不见乃神。神贵之道存乎内⑰，而万物运于外矣，故天下终而不知其用也。

逌乎有宋⑱，扶摇之野⑱。有隐士焉，见之而喜，自以为均志同行也⑲，曰："善哉！吾得之见而舒愤也⑲。上古质朴淳厚之道已废，而末枝遗华并兴⑲。豺虎贪虐，群物无辜⑲，以害为利，殒性亡躯⑲，吾不忍见也，故去而处兹⑲。人不可与为俦⑯，不若与木石为邻。安期逃乎蓬山⑲，用李潜乎丹水⑲，鲍焦立以枯槁⑲，莱维去而逌死⑳，亦由兹夫[201]！吾将抗志显高[202]，遂终于斯[203]。禽生而兽死，埋形而遗骨，不复反余之生乎？夫志均者相求，好合者齐颜[204]，与夫子同之。"

于是先生乃舒虹霓以蕃尘[205]，倾雪盖以蔽明[206]，倚瑶厢而徘徊[207]，总众辔而安行[208]，顾而谓之曰[209]："泰初真人[210]，唯大之根[211]。专气一志[212]，万物以存。退不见后，进不睹先[213]。发西北而造制[214]，启东南以为门[215]。微道德以久娱[216]，跨天地而处尊。夫然成吾体也[217]，是以不避物而处，所睹则宁；不以物为累，所迨则成[218]。彷徉足以舒其意[219]，浮腾足以逞其情[220]。故至人无宅，天地为客；至人无主，天地为所；至人无事，天地为故[221]；无是非之别，无善恶之异[222]。故天下被其泽[223]，而万物所以炽也[224]。若夫恶彼而好我[225]，自是而非人[226]，忿激以争求[227]，贵志而贱身[228]，伊禽生而兽死[229]，尚何显而获荣？悲夫！子之用心也！薄安利以忘生[230]，要求名以丧体[231]。诚与彼其无诡[232]，何枯槁而迨死！子之所好，何足言哉！吾将去子矣。"乃扬眉而荡目[233]，振袖而抚裳，令缓辔而纵策[234]，遂风起而云翔。彼人者[235]，瞻之而垂泣，自痛其志。衣草木之皮，伏于岩石之下，惧不终夕而死㉘。

先生过神宫而息㉙，漱吾泉而行㉚，回乎遒而游览焉㉛，见薪于阜者㉜，叹曰："汝将焉以是终乎㉝？"

薪者曰："是终我乎㉞？不以是终我乎？且圣人无怀㉟，何其哀夫㊱！盛衰变化㊲，常不于兹㊳？藏器于身㊴，伏以俟时㊵。孙刖足以擒庞，雎折肋而乃休，百里困而相嬴，牙既老而弼周㊶。既颠倒而更来兮㊷，固先穷而后收㊸。秦破六国㊹，并兼其地㊺，夷灭诸侯㊻，南面称帝。姱盛色㊼，崇靡丽㊽，凿南山以为阙，表东海以为门㊾，门万室而不绝，图无穷而永存㊿。美宫室而盛帷帟㉖④，击钟鼓而扬其章㉖⑤。广苑囿而深池沼，兴渭北而建咸阳㉖⑥。岿木曾未及成林，而荆棘已藂乎阿房㉖⑦。时代存而迭处㉖⑧，故先得而后亡㉖⑨。山东之徒房，遂起而王天下㉗⓪。由此视之，穷达讵可知耶㉗①？且圣人以道德为心，不以富贵为志；以无为用，不以人物为事㉗②。尊显不加重，贫贱不自轻，失不自以为辱，得不自以为荣。木根挺而枝远㉗③，叶繁茂而华零㉗④。无穷之死，犹一朝之生㉗⑤。身之多少㉗⑥，又何足营㉗⑦？"

因叹而歌曰:

"日没不周方㉗⁸,月出丹渊中㉗⁹。

阳精蔽不见㉘⁰,阴光大为雄㉘¹。

亭亭在须臾㉘²,厌厌将复东㉘³。

离合云雾兮㉘⁴,往来如飘风㉘⁵。

富贵俛仰间㉘⁶,贫贱何必终㉘⁷?

留侯起亡虏㉘⁸,威武赫夷荒㉘⁹。

召平封东陵,一旦为布衣㉙⁰。

枝叶托根柢,死生同盛衰。

得志从命升,失势与时隤。

寒暑代征迈㉙¹,变化更相推㉙²。

祸福无常主㉙³,何忧身无归㉙⁴?

推兹由斯□㉙⁵,负薪又何哀㉙⁶?"

先生闻之,笑曰:"虽不及大,庶免小矣㉙⁷。"乃歌曰:

"天地解兮六合开㉙⁸,星辰霣兮日月隤㉙⁹,我腾而上将何怀㉚⁰?衣弗袭而服美㉛⁰¹,佩弗饰而自章㉛⁰²,上下徘徊兮谁识吾常㉛⁰³?遂去而遐浮㉛⁰⁴,肆云舆㉛⁰⁵,兴气盖㉛⁰⁶,徜徉回翔兮潢漾之外㉛⁰⁷。建长星以为旗兮㉛⁰⁸,击雷霆之礚磕㉛⁰⁹。开不周而出车兮㉛¹⁰,步九野之夷泰㉛¹¹。坐中州而一顾兮㉛¹²,望崇山而回迈。端余节而飞旆兮[13]，纵心虑乎荒裔[14]。释前者而弗修兮[15]，驰蒙间而远逌[16]。弃世务之众为兮[17]，何细事之足赖？虚形体而轻举兮，精微妙而神丰[18]。命夷羿使宽日兮[19]，召忻来使缓风[20]。攀扶桑之长枝兮[21]，登扶摇之隆崇[22]。跃潜飘之冥昧兮[23]，洗光曜之昭明[24]。遗衣裳而弗服兮[25]，服云气而遂行。朝造驾乎汤谷兮[26]，夕息马乎长泉[27]。时崦嵫而易气兮[28]，辉若华以照冥[29]。左朱阳以举麾兮[30]，右玄阴以建旗[31]。变容饰而改度[32]，遂腾窃以修征[33]。

"阴阳更而代迈[34]，四时奔而相迨[35]。惟仙化之倏忽兮[36]，心不乐乎久留。惊风奋而遗乐兮[37]，虽云起而亡忧。忽电消而神逌兮，历寥廓而遐游[38]。佩日月以舒光兮[39]，登徜徉而上浮。压前途于彼逌兮[40]，将步足乎虚州[41]。扫紫宫而陈席兮[42]，坐帝室而忽会酬[43]。萃众音而奏乐兮[44]，声惊渺而悠悠[45]。五帝舞而再属兮[46]，六神歌而代周[47]。乐啾啾肃肃[48]，洞心达神，超遥茫茫[49]，心往而忘反，虑大而志矜[50]。

"粤大人微而弗复兮[51]，扬云气而上陈[52]。召大幽之玉女兮[53]，接上王之美人[54]。体云气之逌畅兮㊹,服太清之淑贞㊿。合欢情而微授兮㊾,先艳溢其若神㊻。华姿烨以俱发兮㊼,采色焕其并振。倾玄髦而垂鬓兮㊽,曜红颜而自新㊾。时暖曃而将逝兮㊿,风飘飖而振衣。云气解而雾离兮,霭奔散而永归㉟。心惝惘而遥思兮㊱,眇回目而弗晞㊲。

"扬清风以为旗兮,翼旋轸而反衍㊳。腾炎阳而出强兮㊴,命祝融而使遣㊵。驱玄冥以摄坚兮㊶,蓐收秉而先戈㊷。勾芒奉毂㊸,浮惊朝霞㊹。廖廓茫茫而靡都兮㊺,邈无俦而独立㊻。倚瑶厢而一顾兮㊼,哀下土之憔悴㊽。分是非以为行兮㊾,又何足与比类?霓旌飘兮云旂霭㊿,乐游兮出天外。"

大人先生被发飞鬓㊶,衣方离之衣㊷,绕绂阳之带㊸,含奇芝㊹,嚼甘华㊺,噏浮雾,飡霄霞㊻,兴朝云㊼,飚春风㊽。奋乎太极之东㊾,游乎昆仑之西㊿,遗辔隳策,流盼乎唐、虞之都㊿。惘然而思,怅尔若忘㊶,慨然而叹曰:

"呜呼!时不若岁㊷,岁不若天,天不若道,道不若神。神者,自然之根也。彼句句者自以为贵夫世矣㊸,而恶知夫世之贱乎兹哉㊹?故与世争贵,贵不足尊;与世争富,富不足先㊴。必超世而绝群㊴,遗俗而独往㊵,登乎太始之前㊶,览乎忽漠之初㊷,虑周流于无外㊸,志浩荡而自舒,飘飖于四运㊹,翻翱翔乎八隅㊺。欲从肆而彷佛,浣漾而靡拘㊻,细行不足以为毁㊼,圣贤不足以为誉。变化移易,与神明扶㊽。廓无外以为宅㊶,周宇宙以为庐㊷,强八维而处安㊸,据制物以永居㊹。夫如是,则可谓富贵矣。是故不与尧、舜齐德㊵,不与汤、武并功㊶,王、许不足以为匹㊷,阳、丘岂能与比纵㊸?天地且不能越其寿,广成子曾何足与并容㊹?激八风以扬声㊵,蹑元吉之高踪㊶。被九天以开除兮㊷,来云气以驭飞龙㊸。专上下以制统兮㊹,殊古今而靡同㊵。夫世之名利,胡足以累之哉㊶!故提齐而踧楚㊷,挈赵而蹈秦㊸,不满一朝而天下无人㊹,东西南北莫之与邻㊵。悲夫,子之修饰㊶,以余观之,将焉存乎于兹㊷!"

先生乃去之㊸,纷泱莽㊹,轨汹洋㊵,流衍溢㊶,历度重渊㊷,跨青天㊸,顾而逌览焉㊹。则有逍遥以永年㊵,无存忽合,散而上臻㊶。霍分离荡㊷,漾漾洋洋,飙涌云浮㊸,达于摇光㊹。直驰骛乎太初之中㊵,而休息乎无为之宫㊶。太初何如？无后无先。 莫究其极，谁识其根。 邈渺绵绵⁽⁴⁹⁾，乃反复乎大道之所存⁽⁵⁰⁾。 莫畅其究⁽⁵¹⁾，谁晓其根⁽⁵²⁾。 辟九灵而求索⁽⁵³⁾，曾何足以自隆⁽⁵³⁾？登其万天而通观⁽⁵⁴⁾，浴太始之和风⁽⁵⁵⁾。 漂逍遥以远逾⁽⁵⁶⁾，遵大路之无穷⁽⁵⁷⁾。 遗太乙而弗使⁽⁵⁸⁾，陵天地而径行⁽⁵⁹⁾。 超濛鸿而远迹⁽⁶⁰⁾，左荡莽而无涯⁽⁶¹⁾，右幽悠而无方⁽⁶²⁾，上遥听而无声⁽⁶³⁾，下修视而无章⁽⁶⁴⁾。 施无有而宅神⁽⁶⁵⁾，永太清乎敖翔⁽⁶⁶⁾。

崔巍高山勃玄云⁽⁶⁷⁾，朔风横厉白雪纷⁽⁶⁸⁾，积水若陵寒伤人⁽⁶⁹⁾。 阴阳失位日月隤，地坼石裂林木摧⁽⁷⁰⁾，大冷阳凝寒伤怀⁽⁷¹⁾。 阳和微弱隆阴竭，海冻不流绵絮折⁽⁷²⁾，呼嗡不通寒伤裂⁽⁷³⁾。 气并代动变如神⁽⁷⁵⁾，寒倡热随害伤人⁽⁷⁶⁾。 熙与真人怀太清⁽⁷⁷⁾，精神专一用意平⁽⁷⁸⁾，寒暑勿伤莫不惊⁽⁷⁹⁾，忧患靡由素气宁⁽⁸⁰⁾。 浮雾凌天恣所经⁽⁸¹⁾，往来微妙路无倾⁽⁸²⁾，好乐非世又何争⁽⁸³⁾？人且皆死我独生⁽⁸⁴⁾。

真人游，驾八龙，曜日月，载云旗，徘徊逌，乐所之⁽⁸⁵⁾。 真人游，太阶夷⁽⁸⁶⁾，□原辟⁽⁸⁷⁾，天门开⁽⁸⁸⁾。雨濛濛，风廱廱。 登黄山⁽⁸⁹⁾，出栖迟⁽⁹⁰⁾。江河清，洛无埃⁽⁹¹⁾，云气消，真人来，惟乐哉！ 时世易⁽⁹²⁾，好乐隤⁽⁹³⁾，真人去，与天回⁽⁹⁴⁾。 反未央⁴⁶,延年寿,独敖世⁴⁷,望我□⁴⁹,何时反⁴⁸?超漫漫⁵⁰,路日远。

先生从此去矣,天下莫知其所终极⁵¹。盖陵天地而与浮明遨游无始终,自然之至真也。鹳鹆不逾济,貉不渡汶⁵²,世之常人,亦由此矣⁵³。曾不通区域⁵⁴,又况四海之表、天地之外哉⁵⁵!若先生者,以天地为卵耳。如小物细人欲论其长短,议其是非,岂不哀也哉!

---

① 盖:表估量的语气词。老人:耆(qí)老的意思,指德高的老人。 ② 陈:叙述。 ③ 神农:指神农氏。黄帝:指轩辕黄帝。这里用以代表上古时代。 ④ 昭然:清楚明白。 ⑤ 苏门:今江苏苏州市吴中区,古为南方边远地方。 ⑥ 咸:都。之:他,指代大人先生。闲:没有事务,生活悠闲。 ⑦ 自然:指客观的大自然。齐光:同样光辉。 ⑧ 尧、舜:唐尧、虞舜,儒家的圣君典范。 ⑨ 赴:奔向目的地。处:指固定住处。 ⑩ 大道:双关语,既指大路,又喻自然发展的大道,涵义略近于客观根本规律。寓:寄宿,兼喻具体的寄托。 ⑪ 顺:依顺。和:和谐。 ⑫ 运、势:指人间世俗的时运和形势。去:离开,消逝。隤(tuí):同"颓",衰败。 ⑬ 魁然:大块的样子,形容大人先生。独存:相对于世俗人家而言。 ⑭ 能:能力。足:完全,足够。造化:创造变化万物的大自然。 ⑮ 其:指大人先生探索的道德。神微:形容事理细微神妙,极其奥秘。 ⑯ 易:改

变。务：事业，即指"默探道德"。　⑰ 中区：天下的中央区域，即指古时中原地区。　⑱ 曾：竟，简直。不若：比不上。着帷：停在帷幕上。　⑲ 终：始终。以为事：当作一回事，即放在心上。　⑳ 异方奇域：实指天地以外的非凡境地。　㉑ 徘徊：表示依恋。无所终极：没完没了的意思，形容极其依恋，不肯离去。　㉒ 遗：留。　㉓ 所如往：前往的地方。　㉔ 或：有人，实指礼法之士。　㉕ 君子：此及下文所说"士君子"，都是指魏、晋之际标榜儒家礼法的门阀士大夫。　㉖ 服：衣服。常色：一定的颜色。按儒家礼制，各种礼仪及日常服饰都依封建等级规定不同的颜色。　㉗ 貌：仪容表情。常则：一定的准则。按儒家礼制，不同等级的男女老少之间的交往，各依身份要求保持相应规定的仪容表情。　㉘ 言：说话谈论。常度：一定的法度。儒家礼制，不同等级的各类身份的人之间交际应接，说话各有应守的分寸，议论各有不当逾越的限度。　㉙ 行：行动，举止。常式：一定的模式、姿势。按儒家礼制，不同等级的人在不同场合对待不同身份的人，行动举止都要求保持相应不同的姿势态度，各有一定的模式。　㉚ 磬：古时一种玉石制的打击乐器，其形状的轮廓，远看像一个人低头弯腰地站着，旧常用来形容人的鞠躬有礼。折：折腰，弯腰。　㉛ 拱：拱手，打拱。古时同辈、同等身份之人相见时的一种礼节，表示谦虚，又落落大方。行礼时，两手握拳，两臂张开再抱拢，姿势就像虚抱着一只鼓。　㉜ 节：节奏。　㉝ 趋：快步。步：慢走。商羽：古代五音宫、商、角、徵、羽中的两个音调，这里借以代指音乐旋律。　㉞ 周旋：周转围绕和左右转弯，指待人接物的动作。　㉟ 战战栗栗：形容极其小心谨慎，好像浑身寒冷颤抖。　㊱ 束身：约束自己。　㊲ 择地而行：走路时挑选地点，力求每一步都不失礼。 ㊳ 遗失：指礼节上的疏忽失误。 ㊴ 周、孔：周公和孔子，都是儒家的圣人，制定礼法的祖师，所以要诵读他们遗留的训诫教导。 ㊵ 唐、虞：唐尧和虞舜。 ㊶ 克：约制，自我约束。 ㊷ 珪璧：士大夫用的玉制礼器，璧圆珪方，象征天地。一说此指玉制的珪，形状上圆下方，也是象征天地。珪璧是古时朝见君主时大臣所拿的物件，表示恭敬忠信。 ㊸ 绳墨：即木工划线用的墨斗，这里用来表示正直不歪。 ㊹ 检：尺度、标准，即规范的意思。 ㊺ 无穷：指历代而言。则：准则。 ㊻ 乡闾：家乡里巷、邻里。 ㊼ 长：长大成人。邦国：国家。 ㊽ 上：指朝廷高官。图：谋取。三公：朝廷掌握军政大权的三位最高官员。周为太师、太傅、太保，西汉为大司马、大司徒、大司空，东汉为太尉、司徒、司空。 ㊾ 下：指地方官职，相对朝廷而言。九州：古代分天下为九州。九州牧：称地方最高官职，州牧指一州的长官。 ㊿ 挟：持有，拥有。金玉：谓财宝。 (51) 垂：佩带。文：锦绣图纹。组：丝织的绶带。 (52) 享：享有。尊位：尊贵的官位。 (53) 茅土：古时天子筑五色土台象征社稷，封诸侯爵时，据诸侯领地所在方位，取相应颜色的社土，用白茅包裹，授于诸侯。所以"取茅土"即封爵受领地的意思。 (54) 奉事：侍候服事。 (55) 牧养：谓管理养育，实为统治的意思。 (56) 退：谓致仕，退休。 (57) 育长(zhǎng)：教育抚养。妻子：妻和儿女。 (58) 卜：占卜。古时迷信风水，筑宅修坟都要望气算卦，以避凶求吉。 (59) 虑：深谋远虑。乃：至于。亿祉(zhǐ)：子孙万代的福禄。 (60) 已：同"矣"。 (61) 高致：高尚情致。 (62) 不易：不变。 (63) 被：同"披"。巨海：泛称大海，表示世外荒远之境。 (64) 若：那些。 (65) 身：自己。自达：使自己显达，意谓取得高官贵爵。 (66) 为(wèi)：

替。 ⑥⑦ 逌(yōu)然：得意自在的样子。 ⑥⑧ 假：凭借，靠着。 ⑥⑨ 若之云：如此说来。 ⑦⓪ 逍遥：自由自在。浮世：飘游在人世之上。 ⑦① 形：外在形式。 ⑦② 制域：划分区域。内：即指天地间。 ⑦③ 浮明：飘浮在上，照耀天地的光明，即指阳光月光。开达：开辟天地而到达天地间来。外：即指天地之外。按，作者以为天地混沌时，天地内无光明。在天地开辟后，光明才照耀天地，所以说飘浮在上的光明是从天地之外通进来的。可参看下文"泰初真人……发西北而造制，启东南而为门"，与此观念一致。 ⑦④ 永：永恒存在。 ⑦⑤ 固：本来。一说"固"属上读，作"天地之永固"，解为"天地的永远坚固"，亦通。及：是说知识水平达到，指理解能力而言。 ⑦⑥ 往者：从前，过去时代。 ⑦⑦ 尝：曾经。 ⑦⑧ 未之：尚未使天地。 ⑦⑨ 焉得：怎么能够。常之：使之常，使天地上下一定。 ⑧⓪ 震：雷。 ⑧① 六合：天地宇宙的代称，由上、下、四方组合构成，故称。 ⑧② 气：指原始造物的元气。 ⑧③ 死虑：忧虑死亡。 ⑧④ 支：同"肢"。不从：不听从自己行动。 ⑧⑤ 身：自己。 ⑧⑥ 殊：脱离主干。 ⑧⑦ 李牧：战国时赵国名将，屡破秦国军队，功封武安君。后秦国贿买赵王宠臣诬告他，被处死。 ⑧⑧ 伯宗：春秋时晋国大夫，正直敢谏，遭谗去世。世绝：子孙断绝。 ⑧⑨ 进：进仕做官。 ⑨⓪ 营：经营谋取。爵赏：爵禄赏赐。 ⑨① 祗奉：恭敬侍候。 ⑨② 全：保全。 ⑨③ 虱：虱子，一种寄生于人体、吸食血液的毒虫。裈(kūn)：裤子。 ⑨④ 啮(niè)：咬。 ⑨⑤ 炎丘：火山。火流：火山的岩浆奔流。 ⑨⑥ 焦：烧焦。邑：城镇。都：都会。 ⑨⑦ 区内：指人世间。 ⑨⑧ 阳乌：神话传说，住在太阳里的三脚乌鸦。尘外：尘世之外。 ⑨⑨ 鹪鹩(jiāo liáo)：一种很小的鸟。蓬艾：飞蓬和艾草，两种矮小的草本植物。

⑩⓪ 小:指鹪鹩。大:指阳乌。　⑩① 何以为:拿什么替……。闻于余:说给我听。　⑩② 近者:近代,相对上文天地开辟时代而言。　⑩③ 夏:夏代。丧于:被灭亡。　⑩④ 周:周代。播:播迁,国家迁移流亡,即谓被取代而亡国。刘:指汉代,皇室姓刘。　⑩⑤ 耿:殷帝祖乙迁都于耿,在今河南温县东。此用指殷商都城。薄:一作"薄姑""蒲姑",是殷商的盟国,都城在今山东博兴东北。墟:废墟。　⑩⑥ 丰、镐(hào):周文王起初的都城在丰京,今陕西西安市西北沣河西岸马王街道附近,后来迁都于镐京,在今西安市西北沣河东岸斗门街道附近。此用指西周都城。丘:土堆。　⑩⑦ 至:至于。人:泛指代词,有人。一顾:偶然来看一看。　⑩⑧ 世代:谓上述亡国废都遗民后裔的世系递代,即为某氏几代子孙。相酬:互相问答报名。　⑩⑨ 厥:泛指代词,等于说"这一个",指上述夏、商、周、汉历代。　⑪⓪ 他人:指取代前朝的新皇帝。　⑪① 谁与:跟哪个朝代。　⑪② 主人:指天地间真正主宰的人,即大人先生自谓。　⑪③ 正:指历岁纪元的依据。句意是相对于朝代纪元而提出以日月运行为纪元依据,便长久永恒而无穷。　⑪④ 阴阳:指阴阳五行的变化,是古代哲学中对大自然变化根源的一种观念。期:指生长消亡的周期。阴阳五行变化是周而复始,循环不已的,所以与天地并生的大人先生的生活周期也是永恒的,与一家一姓、一朝一代的兴亡的有限根本不同。　⑪⑤ 吝情:情感上舍不得,即贪图爱情的意思。　⑪⑥ 系:拴住。累:拖累,负担。　⑪⑦ 阴:阴气。与阴:指大自然一切处于阴暗低落柔弱的势态气氛。守雌:守持雌节。古人以为,凡处于不遇、不利的客观时机,应抱柔顺自洁的态度,应变待时,像雌性动物守节似的,称为"雌节"。　⑪⑧ 据阳:指大自然一切处于光明,生长刚强的势态气氛。为

大人先生传

雄:成为英雄。 ⑲物:指客观万物。之:自指代词,指"主人"。穷:穷困潦倒。 ⑳夫:同"彼",那个。 ㉑藏:保存。气:元气。 ㉒发:焕发。精:精神。 ㉓之:指万物。 ㉔夭:夭折,短命。 ㉕寿:长寿。 ㉖咎:灾害。 ㉗命:性命,指自然命运。 ㉘度:指自然法度。 ㉙明者:通晓事理的明白人。 ㉚暗者:不明事理的糊涂人,昏庸的人。 ㉛以迫畏:因压迫而害怕。 ㉜以力尽:因有力而竭尽其力。 ㉝君:君主。庶:众多。庶物即谓万物。 ㉞纪:指自然法纪。 ㉟惟兹:唯其,正因为。若然:这样,即指天地初开时自然生长情形。 ㊱长久:长生久存。 ㊲造音:人为音乐。声:自然声响。 ㊳作色:造作颜色,即谓外貌涂抹色彩。脆:使脆弱。形:天然形象。 ㊴外:表面。其:指礼法之士。 ㊵内:内里,实质。情:真实性情。 ㊶要:索取。 ㊷坐:因此。 ㊸藏智:隐瞒自己耍弄聪明。自神:显得自己仿佛天生神异不凡。 ㊹瞶(kuí):睁大眼睛。眠:闭眼。强者本来不大用力,所以无须用力睁眼,常常仿佛睡眠。此时出现了欺诈暴虐,强者必须用力自卫,所以就睁大睡眼了。凌暴:超过压倒暴虐者。 ㊺事人:服事别人。 ㊻假廉:标榜廉洁。 ㊼驰:驰骋,比喻肆意耍弄伎俩。此:指奸诈险恶。奏:向君主奏请。除:授官,使自己升官。 ㊽循滞:因循守旧,停滞不进。 ㊾所归:接受恩泽的人。 ㊿所仇:造成死败的仇敌。 (151)奇声:指非天然的音响,即音乐创作。 (152)易听:改变正常的听赏音乐习尚。 (153)淫色:淫荡的容色,指化妆美容。显:显扬突出。 (154)改视:改变正常的观赏容色爱好。 (155)其神:指人们的精神。 (156)所至:最高成就。止:即"观止"的意思。 (157)尊贤以相高:是说借尊重贤良的名义,实际上是互相比地位高低。 ⑱ 竞能:竞赛才能。相尚:互相争上下。 ⑲ 相君:辅佐君主。 ⑯⓪ 宠贵:依仗宠幸使自己尊贵。相加:互相压倒对方。 ⑯① 驱:驱使。趣:同"趋"。之:指上述恶风逆潮。 ⑯② 至:最好的东西。 ⑯③ 养:养育,给养。养百姓:古代观念以为君主长官有养育百姓的职责。 ⑯④ 知其然:知道他们竟是这样。 ⑯⑤ 喜之:讨好百姓。 ⑯⑥ 威之:威胁百姓。 ⑯⑦ 财匮(kuì):财货缺乏。赏不供:供给不了重赏所需。 ⑯⑧ 罚不行:惩罚不起作用。意谓百姓终于知道他们的罪恶,不怕刑罚,起来反抗。 ⑯⑨ 过:错误。 ⑰⓪ 飘飘:飘游逍遥。 ⑰① 飡:同"餐",吃饭。汤谷:即旸谷,神话传说是太阳升起的地方。 ⑰② 西海:古以为大地的最西端,这里指太阳没落的地方。 ⑰③ 周始:周而复始,循环不已。 ⑰④ 之:往,通向。 ⑰⑤ 暗:不明。昭昭:指明明白白的事理。 ⑰⑥ 达明:达到光明,即上文所说"浮明开达于外"。 ⑰⑦ 申:阐述。若言:这一番理论。 ⑰⑧ 异之:认为他不平常。 ⑰⑨ 忼忾:同"慷慨"。高之:认为他高尚。 ⑱⓪ 其不知其体:人们不理解他(大人先生)的体性。前"其"指喜奇者、忼忾者。后"其"指大人先生。体,本来的体性。 ⑱① 情:真正性情,即下文所说"其真""其情"。 ⑱② 猜耳:只是猜测罢了。 ⑱③ 虚:空洞地。伪:人为,杜撰。之:指大人先生。名:名分。 ⑱④ 向之:以前的。非怪者:即上文所说"自好者非之,无识者怪之"。 ⑱⑤ 蔑如:无视。 ⑱⑥ 至人:最高尚的人。乃:指示代词,他的。 ⑱⑦ 内:与下句"外",指至人的心内身外。 ⑱⑧ 迪:同"由",经过。有宋:指古宋国地,地处今河南东部和山东、江苏、安徽间。 ⑱⑨ 扶摇:一种强旋风。之野:来到宋国郊野。 ⑲⓪ 均志:志向一致。同行:操行相同。 ⑲① 得:能够。之见:见到他。 ⑲② 末枝遗华:树梢枝杈,残落花朵,

大人先生传

喻浮华之类。 ⑬无辜：无罪而遭害的意思。 ⑭殒（yǔn）性：毁灭性命。亡躯：身躯死亡。 ⑮去：离开繁华人间。处兹：居住此地，指荒郊野外。 ⑯为俦：作伴。 ⑰安期：安期生，传说为仙人。曾在海边卖药，人称千岁公。他曾见秦始皇，临走时留下一双赤玉鞋，并写信说："后数十年求我于蓬莱山下。"蓬山：即指蓬莱山，传说在东海，是神仙居住的仙岛。 ⑱甪（lù）李：即甪里先生，汉初著名隐士"商山四皓"之一。传说他是吴（今江苏苏州）人，本姓周，名术，字元道。秦末避乱，曾隐居太湖洞庭山中。丹水：丹水发源于今陕西商洛市，《水经注》说"商山四皓"曾隐居在丹水附近的楚山上。 ⑲鲍焦：周代处士，非难时世，采野菜充饥，守节不仕。后有人批评他走在周朝土地上，吃着周朝土地上生长的东西。他便抱着树木，站着饿死。 ⑳莱维：其人其事未详。迫：自在。 ㉑兹：指世乱道亡。 ㉒抗志：高举自己的志节。显高：发扬高尚的情操。 ㉓终：终了，过一辈子。斯：这里，指荒野。 ㉔好合：爱好投合。齐颜：意谓对事物态度的脸色表情是一样的。 ㉕舒：展开。蕃：屏障，隔开。尘：尘土。 ㉖倾：倾斜。雪盖：雪白的玉制车盖。古时的乘车无顶，用伞状车盖遮阳挡雨。蔽明：遮挡阳光。 ㉗瑶厢：美玉的车厢。 ㉘总：揽。众辔：所有的缰绳。安行：慢慢地走。 ㉙顾：回头。之：指隐士。 ㉚泰初：混沌初辟的太古时代。真人：本指最初的人类，最为真实朴质的人，道家后学以为最大圣人，后来道教以为上仙的尊号。 ㉛大：大道，即《老子》所说的"有物混成，先天地生"，"可以为天地母"，"字之曰道，强为之名曰大"（第二十五章）。根：根本。 ㉜专气：等于说"专心"。 ㉝睹：看见。 ㉞发：拨开。西北：指混沌中的西北方向。造制：创造制作万物。古

阮籍集

以关中、中原地区为人类文化发源地,所以这么说。　㉕启:打开。门:指天门。　㉖微:没有。因为当时正处于创世之际,所以说还没有道德。以:因而。久娱:长久欢娱。这句原作"微道而以德久娱乐",衍"而""乐"二字。　㉗夫:发语词。然:这样,指上述真人创世情形。吾体:大人先生自指本体。　㉘迺:自在。　㉙彷徉:从容自在。　㉚浮腾:自由飞腾。逞:抒发出来。　㉛故:事故。句意是说天地万物的自然变化就成为至人的事故,而这种事故是自然存在、自然发展的,所以至人其实无事。　㉜"无是非"二句:总承上六句说,至人既与天地相与,所以对他来说,一切都不存在是非善恶。　㉝被:蒙受。泽:恩泽。　㉞炽:兴旺。　㉟恶彼:厌恶他人。好我:只爱自己。　㊱自是:自以为是。非人:指责别人是错误的。　㊲忿(fèn)激:气愤不平。争求:争夺索取。　㊳贱身:贱遇身体,即谓糟蹋身体。贱,以……为贱。　㊴伊:指至人。　㊵薄:使单薄,削弱减少。安利:安于实利,意谓应有的实利。　㊶要:取得。求名:追求虚名,即指隐士所说"抗志显高"。　㊷诚:诚然,确实。彼其:他们那样,指世俗罪恶。无诡:没有诡诈的干系。　㊸荡目:转眼看了看。　㊹令:吆喝。纵策:扬鞭的意思。策,小马鞭。　㊺彼人:指隐士。　㊻终夕:整个夜晚。　㊼神宫:星名,尾宿第一星,古以为天官解衣休息的内室。　㊽吾泉:同"虞泉",即虞渊,"吾"古通"虞"。虞泉是神话传说太阳落山处,见《太平御览·天部》引《淮南子·天文训》。　㊾回:转了一圈。迺:自得的样子。　㊿薪:打柴。阜:土山。　㊶焉:在这里。是:指打柴为生。终:终了一生,过一辈子。　㊷终我:终了我的一生。　㊸怀:怀抱,指胸怀治理天下的大志。　㊹夫:同"乎",感叹词。　㊺盛衰变化:指天下、国家的历史发展情况。　㊎ 常不：何尝不是，岂非的意思。常：同"尝"，何尝。兹：这一点，指圣人都怀有大志。　㊍ 藏器：隐藏自己的才能。　㊎ 伏：潜伏，指隐居。俟时：等待时机。　㊎ "孙刖(yuè)"句：战国时，齐国人孙膑和庞涓都跟从鬼谷子学习兵法。后来庞涓为魏国将军，因妒忌孙膑才能，阴谋陷害孙膑，将他刖足黥面。幸遇齐国使者营救，孙膑逃到齐国，为齐威王师。齐、魏交战，孙膑用计围困庞涓于马陵道，庞涓智穷自刎。此指其事。孙：指孙膑。刖：古代一种酷刑，砍脚。庞：指庞涓。　㊐ "雎(jū)折"句：战国时，魏国人范雎起先在魏国中大夫须贾手下任职，因事被须贾控告，魏相魏齐罚打范雎，"折胁摺齿"。范雎装死脱逃，改名张禄，入秦国。后以远交近攻策略，为秦昭王客卿，任为相。此指其事。雎：指范雎。折肋：打断肋骨。休：吉利，指范雎后为秦相。　㊑ "百里"句：春秋时，虞国大夫百里奚在虞国被晋国灭亡时沦为奴隶，被送给秦国，作为秦穆公夫人的陪嫁之臣。他以为耻，逃到楚国，被楚人捉住。秦缪公听说他是贤人，用五张黑羊皮赎买出来，后为秦相。此指其事。百里：指百里奚。困：指沦落为奴隶。嬴：秦国诸侯姓嬴，因以指称秦国。相嬴：为秦国相。　㊒ "牙既"句：商末周初，东海人吕尚，本姓姜，字子牙，老年隐居在渭水，钓鱼时遇见周文王，文王与他交谈后，大喜道："吾太公望子久矣！"因号太公望，拜他为师。后辅助武王灭商纣。此指其事。牙：指姜子牙。弼：辅佐。　㊓ 颠倒：指上述事例中的贤良先遭厄运，是命运遭遇的颠倒。更来：再颠倒过来，指这些贤良后来又得到重用。　㊔ 固：本来，指命运的安排本来如此。或解为"故"，意为所以，亦通。穷：遭遇穷困。收：收用其才。　㊕ 秦：指秦始皇。六国：战国时期的楚、燕、齐、韩、魏、赵六个强国。 ㉖并兼：即兼并，并吞占有。 ㉗夷灭：全部消灭。这句是说秦始皇废除诸侯分封制度。 ㉘南面：古代帝王宝座向南，以示尊贵。《易经·说卦传》："圣人（指帝王）南面而听天下，向明而治。" ㉙侉(kuā)：爱好。盛色：壮大的色彩。 ㉚崇：崇尚。靡丽：奢侈华丽。 ㉛"凿南山"二句：《史记·秦始皇本纪》载，秦始皇三十五年(前212年)，秦始皇扩建皇宫，修阿房宫，阁道"自殿下直抵南山，表南山之颠以为阙"。修建完成，"立石东海上，朐界中，以为秦东门"。此指其事。南山：秦岭终南山。凿南山：指开凿终南山，兴建宫阙。"阙"是皇宫前的望楼。表：立石为标志。东海：即今东海。门：即秦东门，秦帝国东方边境的门户。 ㉜门：用作动词，看守，守住。万室：千家万户。不绝：不断代。 ㉝图：谋，打算。这句是说秦始皇打算让秦家王朝世代相传。《史记·秦始皇本纪》载，秦始皇即位下制书说："朕为始皇帝，后世以计数，二世、三世至千万世，传之无穷。"此指其事。 ㉞美：使美，奢华营建的意思。盛：使盛，华丽装饰的意思。帷帘：指殿堂宫室内部的装饰。帟(yì)：带子。 ㉟章：文采。 ㊱"广苑"二句：《史记·秦始皇本纪》载，秦始皇即位后，"徙天下豪富于咸阳十二万户"，扩充咸阳。秦国宗庙、章台宫及上林都在渭南。秦破六国诸侯，就在咸阳北阪（渭水北岸）上仿建六国宫殿，"南临渭，自雍门以东至泾渭"。此指其事。广：扩大。苑囿(yòu)：皇帝园林和猎场，指章台、上林等。深：加深。池沼：指皇宫里水池湖沼。渭北：渭水北岸，指兴建六国宫殿。咸阳：秦国都城，今陕西咸阳市。 ㊲"峛木"二句：秦始皇三十五年，在骊山营建陵墓，三十七年葬在骊山。不到三年秦二世胡亥被杀，子婴投降，秦朝灭亡。此指其事。峛：同"骊"，即指骊山秦始皇陵墓。木：指陵墓

大人先生传

的树木。曾:简直。未及成林:是说秦始皇墓上树木还来不及长大,秦帝国已灭亡。蘙:同"丛",丛生。阿房:即阿房宫。这句是说阿房宫已成废墟。 ㉘时代:历史上的朝代。存而迭处:存在而交换处所。 ㉙先得而后亡:是说一个王朝先是得到天下,建立国家,然后它便要走向灭亡。 ㉚"山东"二句:指秦末陈涉开始的农民起义。山东:指崤山或华山以东地区,与"关东"含义相同。徒房:犯罪服役的奴隶,此指陈涉等。王(wàng):统一天下为王。 ㉛穷达:穷困和显达。讵:怎么。 ㉜人物:人和物。事:事业。 ㉝木:树。挺:挺直。 ㉞华:同"花"。零:凋零。 ㉟"无穷"二句:意思是说,人死了,不再复生,所以是无穷的。人生却是短暂的,一辈子就像活了一个早晨似的,其实跟死差不了多少。 ㊱多少:指荣辱得失的多少。 ㊲营:经营,操劳。 ㊳不周:山名,传说在昆仑西北,此指西北方向。 ㊴丹渊:传说是月亮升起的地方。 ㊵阳精:太阳。《淮南子·天文训》:"积阳之热气生火,火气之精者为日。" ㊶阴光:阴精的光,即月光。《淮南子·天文训》又说:"积阴之寒气为水,水气之精者为月。" ㊷亭亭:意为高高悬在天空。须臾:一会儿。 ㊸厌厌:暂时出现的样子。东:日出。这句是说月亮出现一会儿,就又被日出取代了。 ㊹离合:分离和聚合。这句是说太阳与云雾有时分,有时合。 ㊺飘风:同"飙风",暴风。 ㊻俛仰:同"俯仰",头一举一低,喻时间极短。 ㊼"贫贱"句:意思是说,贫贱也可变富贵,不一定终生不变。 ㊽留侯:张良,战国末期韩国相国世家子。秦立,张良曾散财求刺客,在博浪沙狙击秦始皇而未成,隐居逃亡。后从黄石公学兵法,辅佐刘邦灭秦立汉,封留侯。亡虏:逃犯,指张良刺杀失败而逃亡。 ㊾赫:赫赫远扬。夷荒:指北方少数民族聚居的边远地区。"夷"是夷、狄等古代北方少数民族的统称。张良曾随刘邦远征代郡,到过今河北、山西一带。 ㉙⓪"召平"二句:召平即邵平,秦代封东陵侯。秦亡后,沦为平民,在长安城东门外种瓜卖瓜。瓜美,时称东陵瓜。一旦:一个早晨,喻突然发生变故,指秦亡。布衣:古时平民穿麻布衣服。 ㉙①代征迈:互相轮换地不断迈步前进。 ㉙②更相推:更加互相推动。 ㉙③无常主:没有一个可以永恒作主的。 ㉙④"何忧"句:意思是说,既然祸福不定,忧愁自己的归宿也是无用的。身:自己。归:指人生前途的归宿。 ㉙⑤推兹:依此推理,指上述盛衰、岁时、祸福的变化情形来推论。由斯:由此。这句末缺一字,前人或补"理"字,或补"道"字。 ㉙⑥负薪:背负柴草。秦、汉间人以为"负薪"是贫贱人民的事情。这首诗是这位打柴人自抒胸臆,所以是自指。 ㉙⑦"虽不"二句:"大"指大道,根本的道;"小"指小道理,小学说。《庄子·齐物论》载南郭子綦开导言偃说,"大知闲闲,小知间间;大言炎炎,小言詹詹",意谓大道的知识广博宽裕,小道的知识狭窄局促;大道的学说光炎有力,小道的学说叽叽喳喳。此二句即谓薪者的见解虽未达到通达大道的高度,但比世俗的小知小见则强了许多,可避免小知小见的影响。 ㉙⑧解:分开。六合:上、下、四方,指天地之间。开:辟。这句是说明从混沌的大自然中开辟天地四方的太初情景。 ㉙⑨霣(yǔn):同"陨",坠落。这句是说天地初开而尚未稳定时情景,即上文所说:"往者天尝在下,地尝在上,反覆颠倒,未之安固。" ㉚⓪将何怀:意思是说,在天地反覆不定时,不可能产生飞腾的志愿怀抱。 ㉚①袭:穿。服美:如同穿了很美的衣服。 ㉚②佩:玉佩之类的仪礼装饰物。饰:佩带修饰。自章:自然显得光彩。 ㉚③上下徘徊:指当时人类不可能有一定的行动居处。吾常:指人类行为的一定法则规范。 ㉚④去:离开。遐浮:飘浮远游。 ㉚⑤肆:自由放任。云舆:以云为车。 ㉚⑥兴:张开。气盖:以雾气为车盖。古时车盖如伞。 ㉚⑦徜徉(cháng yáng):荡漾自在。回翔:盘旋翱翔。漭漾(mǎng yǎng):广大的样子,指天地中广大空间。漭漾之外:指无外的大自然。 ㉚⑧长星:指彗星之类。 ㉚⑨磕磕(kāng kē):拟声词,等于说"轰隆"之类。 ㉛⓪不周:此指天地未定时的西北方向,即上文所说"发西北而造制,启东南以为门"。 ㉛①九野:九天的郊野。古人以为天像地一样有郊野,以中央、东、南、西、北及东南、东北、西南、西北的九个方位来分别区划,总称"九野"(见《吕氏春秋·有始》)。此即谓广阔天空。步:一作"出"。夷泰:平坦宽广。 ㉛②中州:九州的中央一州,古指豫州,今河南省境。 ㉛③端:端正。节:符节,使者的信物,出使时以证明使者身份,此指乘车上的旄节。旃(zhān):素帛做的旗帜。 ㉛④纵:任随。心虑:思想考虑。荒裔:荒远边区。 ㉛⑤释:解脱。一本作"择"。前者:指"坐中州而一顾"。修:美。弗修:不以为美好。 ㉛⑥蒙:蒙昧。远:远游。逌:得意。 ㉛⑦众为:众庶的行为。 ㉛⑧精:精气。神:精神。 ㉛⑨夷羿:即后羿,神话传说是天帝的射官。《淮南子·本经训》说,唐尧时,"十日并出",天下大旱,"民无所食"。后羿"上射十日",解除旱灾。所以这里让他安抚太阳。宽:宽慰,安抚。 ㉜⓪忻(xīn)来:神名。缓:缓和。 ㉜①扶桑:神树名,生长在日出的旸谷。 ㉜②扶摇:一种强暴旋风,约为龙卷风之类。隆崇:指扶摇风最高的顶端。 ㉜③跃:跳出来。飘:同"飙",暴风。潜飘:指隐藏太阳的暴风。冥昧:昏暗不明。 ㉜④洗:洗干净。这句是说太阳洗干净后焕发光明。 ㉜⑤遗:遗失,丢掉。服:穿。

㉖ 造驾:驾车前往。神话说,太阳乘羲和驾驭六龙的车。汤谷:即旸谷或阳谷,太阳升起的地方。　㉗ 长泉:指悲泉,是太阳息马的地方。《淮南子·天文训》说,太阳"至于悲泉,爱止其女,爱息其马,是谓悬车"。　㉘ 崦(yān)嵫(zī):山名,《山海经·西山经》说是太阳下山的地方。易气:变换气象。　㉙ 辉:放射光辉。若华:若木的花,即扶桑树的花。冥:黄昏。　㉚ 左:指南方。朱阳:即古天文二十八宿的南方七宿组成的朱雀,又称朱鸟,南方属阳,故亦称朱阳。麾(huī):指挥的大旗。　㉛ 右:指北方。玄阴:即二十八宿北方七宿组成的玄武,灵物像龟,北方属阴,又称玄阴。建旗:树立玄武旗。　㉜ 变容饰:承上二句所说,不但设置仪仗,而且改变了仪容装饰。改度:改变风度气派。　㉝ 腾窃:偷偷飞腾起来。修征:长征。　㉞ 更:更替,轮换。代迈:轮班前进。　㉟ 四时:四季。奔:喻快速。相迶:同"相由",一个个接着来。　㊱ 惟:想。仙化:神仙的变化,指上段所述天地日月的变化。倏(shū)忽:极快。　㊲ 惊风:骤起大风。奋:发。遗乐:丢掉乐趣。　㊳ 历:经历。寥廓:广大无边,指大自然存在。遐游:远游。一本作"遐迪"。　㊴ 佩日月:佩带日月为饰物。舒:发挥。　㊵ 压:迫,接近。彼迶:指老庄的自然之道。　㊶ 步足:步行。虚州:指自然空间。　㊷ 扫:打扫。紫宫:紫薇宫,天帝的宫殿。　㊸ 会酬:宴会进酒。　㊹ 萃:集合。众音:指空中各种声响。　㊺ 惊渺:形容音乐初起,声响极其微远。悠悠:长远。　㊻ 五帝:指五位天帝,即东方青帝、南方赤帝、中央黄帝、西方白帝、北方黑帝。再属:一再跳舞。　㊼ 六神:六宗之神,即古时祭祀的六大天神。说法很多,大致指日、月及四季、山川、风云之类。代周:唱了一圈再唱一圈,即轮唱。　㊽ 啾啾、肃肃:形容音乐

大人先生传

声。 ㉞ 洞:穿透。 ㉟ 超遥:极其高远。茫茫:广大无边。阮籍《清思赋》:"若登昆仑而临西海,超遥茫渺,不能究其所在。"语意相同。这里是说音乐引导自己精神到了极其遥远广大的境界。 ㉛ 心往:等于说"神往"。反:同"返"。 ㉜ 虑大:思虑自然之道。志矜:坚持自己志节。这句是说自己想到道,要坚持志节。言外是说,自己又不能忘返,必须让精神收回来。 ㉝ 粤:发语词。微:没有。复:招魂。这句是说,然而大人并未收回精神,没有召回灵魂,依然留在天上。 ㉞ 上陈:对天帝陈诉了自己的思想波动。 ㉟ 大幽:指幽天。天的九野,以西北为幽天。(见《吕氏春秋·有始》)玉女:仙女。 ㊱ 上王:天上的王。美人:指嫔妃之类。 ㊲ 体:仙女的身体。逌畅:自在轻快。 ㊳ 服:穿。太清:天空。淑贞:美好贞洁。 ㊴ 合:投合,和谐。微授:稍微接触。 ㊵ 先:起先,一开始。艳溢:艳丽容光四射。 ㊶ 华姿:花一般的姿容。烨(yè):光芒焕发。 ㊷ 倾:斜。髦(máo):额前垂发。鬓:耳边发。 ㊸ 曜:光耀。红颜:青春的容颜,指仙女、仙妃的容颜。自新:自然清新。 ㊹ 曖曃(ài dài):昏暗。逝:消逝,时间流去。 ㊺ 霱:密云。永归:长久回去。 ㊻ 惝惘(chǎng wǎng):怅惘若失。 ㊼ 眇(miǎo):眯着眼细看。回目:眼睛转来转去,形容寻找仙女。晞:暴晒,这里形容暴露,是说看不见仙女。 ㊽ 翼:展翅。旋轸:掉转车头。反:同"返"。衍:平地。 ㊾ 腾:飞腾,形容上升很快,来势很猛。炎阳:火热的太阳。强:势力强盛。 ㊿ 祝融:神话的火神。使遣:听候差遣。 ㋑ 驱:驱使。玄冥:神话的水神。摄坚:收服坚固东西。 ㋒ 蓐(rù)收:神话中的金神,主管秋冬肃杀草木万物。秉:执法的意思。先戈:提前动用干戈。 ㋓ 勾芒:同"句芒",神话的木神,主管树木生长。毂(gǔ):概称车辆。奉毂:同"捧毂",推车。　㊎浮惊:是说勾芒倒行逆施的妄动令人惊恐。　㊏寥廓:这里指广阔大地。靡都:没有一座城市。　㊐邈:遥远。无俦:没有一个伴侣。独立:独自站着。这句是说大地只有大人先生一个人,极其孤独。　㊑倚:靠。瑶厢:美玉车厢。　㊒下土:天下人间。　㊓"分是"二句:意思是说,礼法之士要人们依照他们区分的是非界限,约束自己的行为,其结果便是"下土憔悴",他们是不值得引为同类的。与:相与,跟他们,指分是非的人。比类:并比同类。　㊔旌(jīng):装饰有羽毛的旗帜。旂(qí):有铃铛的旗帜。霭:密集。　㊕被发:披头散发。被,同"披"。飞鬓:鬓发飘飞。　㊖衣:穿。方离之衣:饰有方形《离卦》图案的外衣,即谓道家作法所穿的八卦衣。离:指《易·离卦》图象。　㊗绂(fú):系,拴。绂阳之带:拴住太阳的衣带。　㊘奇芝:灵芝。　㊙甘华:仙树名,此指果实。《山海经·大荒南经》说它"枝干皆赤,黄叶"。《大荒西经》说是凤鸟所食。　㊚噏:同"吸"。　㊛飧(sūn):水泡饭,用作动词,进餐。霄霞:天空彩霞。　㊜兴:使兴起。　㊝飏(yáng):同"扬",使飘飏。　㊞太极:天地未分前的混沌状态,此时原无东西南北之分,这里说"太极之东",是浪漫夸张之词。　㊟昆仑:山名,传为神仙聚居的仙境。　㊠辔(pèi):马缰绳。　㊡流盼:目光流转眺望。唐:唐尧。虞:虞舜。都:都城。　㊢怅尔:怅然,惆怅的样子。　㊣时:指四季。岁:一年。　㊤勾勾(jū):同"拘拘",屈身拘束的样子。《庄子·大宗师》载子祀语:"伟哉夫造物者,将以予为此拘拘也!"贵夫世:在这个人世上是高贵的。　㊥恶:哪里。夫世:这个人世。贱乎兹:比这"自然之根"的神要低贱。　㊦先:抢先,指争为首富地位。句意谓

大人先生传

这并不光彩。 ㊦超世:超脱人世。绝群:与人群隔离。 ㊱遗俗:抛弃世俗。 ㊵太始:天地开辟之初。 ㊶忽漠:同"芴漠",自然之道。《庄子·天下》:"芴漠无形,变化无常。" ㊷虑:思虑。周流:周游。无外:指大自然存在。 ㊸志:志气。浩荡而自舒:气势广大而自然奔放。 ㊹四运:四季。 ㊺翻:翻飞。八隅:八方。 ㊻欲:欲望。从肆:听随放任。彷佛:大体相似而不讲究。"彷"同"仿"。 ㊼浣漾(huàn yàng):飘浮荡漾。靡拘:不受拘束。 ㊽细行:琐碎行为。毁:诽谤。 ㊾扶:手挽手。 ㊿廓:轮廓,包括。无外:大自然存在。 ⑪周:包围。庐:住房。 ⑫强:强固。八维:八方。 ⑬据:依据。制物:控制万物。 ⑭尧:唐尧。舜:虞舜。 ⑮汤:商汤。武:周武王。 ⑯王:仙人王子乔。许:隐士许由。匹:相比。 ⑰阳:阳货,春秋时鲁国人,与孔子同时,容貌相似。初为季氏家臣,后阴谋专政,失败逃亡。丘:孔丘。比纵:同"比踪",意谓相提并论。 ⑱广成子:上古仙人。《庄子·在宥》载,广成曾教导黄帝。 ⑲八风:古人以为风从八方吹出。 ⑳蹑:踩。元吉:大吉大利。 ㉑被:披。开除:开展。 ㉒来:招来。 ㉓专:使专一。上下:指天地日月万物。制统:控制统治。 ㉔殊:使不同。古今:古往今来的各个时代。靡同:毫不相同。 ㉕胡:怎能。累之:成为大人的负担。 ㉖提:提起来。齐:指战国时齐国。踧(cù):缩小。楚:指战国时楚国。 ㉗挈(qiè):提起来。赵:指战国时赵国。蹈:脚踩。秦:指战国时的秦国。 ㉘一朝:一个早晨,喻不费时间,轻而易举。无人:指无人如齐、楚、赵、秦等国诸侯那样称雄。 ㉙之:指大人先生理想的天地。由于他的理想是回复到自然状态,因而是无外的,也就没有四邻。 ㉚子:指薪者。修饰:文辞的修饰,指薪者字斟句酌的议论和诗歌。 ㉜ 焉:怎样。兹:此,指上述理想天地。 ㉝ 去之:离开薪者。 ㉞ 纷:盛,这里是使兴盛的意思。泱(yāng)莽:同"泱漭",广大无边。这句是说,使广大天下兴盛起来。 ㉟ 轨:使正轨。汒(wù)洋:汒汒洋洋,这里形容天下潜藏着极大的动荡不安。这句是说,使表面平静而潜伏危机的天下正轨起来。 ㊱ 流:疏导流通。衍溢:漫衍泛滥,形容天下灾乱。 ㊲ 历:一一。度:同"渡",渡过。重渊:重重深渊。 ㊳ 跨:高步跨登。 ㊴ 顾:回头看天下。迺:自在得意。 ㊵ 有:享有。逍遥:自由自在。永年:长寿,这里指长生。 ㊶ 存忽:存在和忽视存在。合、散:聚合和分散。上臻:上达。一作"下臻"。 ㊷ 霍分:涣散。离荡:散开动荡。 ㊸ 漾漾:荡漾不尽。洋洋:水流广大。这句形容天空气体充斥无边的状态。 ㊹ 飙:暴风。 ㊺ 摇光:同"瑶光",北斗第七星,此即指北斗。 ㊻ 直:一直。驰骛:自由奔驰。太初:天地未分,混沌一片。 ㊼ 无为:无所作为,这里作为宫殿之名。 ㊽ 邈渺:遥远渺茫,不知终止。绵绵:连绵不绝。 ㊾ 反复:重新回到。大道之所存:大道存在的状态,即大自然存在的原始状态。 ㊿ 畅:通达。究:究竟,原委。 451 晓:明白。 452 辟:征召。九灵:众多神灵;一说是道家的仙馆,在昆仑山。求索:探索大道的根由。 453 曾何:何曾。自隆:使自己取得成就。这句是说结果一无成就,对大道的根由仍无所知。 454 万天:天的最高层。通观:普遍观看。 455 太始:大自然原始时期。 456 漂:漂浮。远迺:得意远行。 457 遵:沿着。之:往,到。无穷:没有尽头。 458 太乙:道家天神名。弗使:不使用。 459 陵:凌,冲。径行:一直走着。 460 超:越过。濛鸿:道家天神名。远迹:使行迹远,即走向远方。 461 荡莽:广大

大人先生传

147

无边的原始草原。无涯:无边。 ㊷ 幽悠:昏暗遥远的空间。无方:没有明确的目标、方向。 ㊽ 遥听:即远听,听觉达到遥远。 ㊾ 修视:即远看,视力达到长远。无章:没有光彩。 ㊿ 施:实行。无有:以无为有。宅神:让神住下。 ㊻ 永:永恒。太清:天空。敖翔:同"遨翔",遨游飞翔,形容自由自在。 ㊼ 崔巍:雄伟高大。勃:蓬勃兴起。玄云:乌云。古人以为云从山出。 ㊽ 朔风:北风。横厉:横行后起。 ㊾ 积水:星名,主水灾,此指水灾。陵:冲压。寒:寒冷气候。 ㊿ 坼(chè):裂开。摧:折断。 ㊶ 阳凝:太阳冰冻。怀:胸怀。 ㊷ 阳和:温暖天气。隆阴:严寒天气。这句是说温暖天气越来越微弱,被严寒天气驱尽。 ㊸ 绵絮折:绵絮被冻硬变脆,折断了。 ㊹ 呼噏:同"呼吸"。 ㊺ 气:天气。并:兼并。代动:替换运行。 ㊻ 寒倡热随:寒冷开头在前,炎热随后跟来。 ㊼ 熙:和熙。与:叹词。怀太清:怀抱天空。 ㊽ 用意:指真人怀抱天空的心意。平:和平,太平。 ㊾ 莫不惊:是说世人都对真人的作用感到惊奇。 ㊿ 靡由:没有产生原因。素气:指元气。 ㊶ 浮雾:漂浮在云雾上。凌天:冲向天空。恣:任意。所经:经过的地方。 ㊷ 无倾:不会跌倒。 ㊸ 好乐:爱好和乐趣。非世:不是世俗的爱好乐趣。 ㊹ "人且"句:是说世人生命有限,不免一死,而真人永生,所以唯独他依然存在。 ㊺ 乐:乐意。所之:去的地方。 ㊻ 太阶:星名,即泰阶、三台,比喻天下朝廷执政。夷:平。"太阶平"象征政治清明,天下太平。 ㊼ □原辟:脱一字,据上下文,当指天象名称。辟:开辟。 ㊽ 天门:天的门户。 ㊾ 雁雁(hún):同"浑浑",形容风混沌状态。 ㊿ 黄山:指黄山宫,汉惠帝所建,故址在今陕西兴平市西南。张衡《西京赋》:"绕黄山而款牛首。"即其地。一说指黄麓山，即始平西原，在陕西武功县北。 (491) 栖迟：逗留。 (492) 洛：洛阳，东汉、魏的都城，今河南洛阳市。 (493) 易：变。 (494) 好乐：指世俗的爱好乐趣。 (495) 回：转。 (496) 反：同“返”。未央：未完，这里是无穷的意思，即谓“大道之所存”。 (497) 敖世：傲视世俗。敖：同“傲”。 (498) 望我□：脱一字。 (499) 反：同“返”，谓回到人世。 (500) 超（zhǎn）：急速行进。漫漫：路途遥远。 (501) 所终极：最后到达地点。 (502) “鸜鹆（qú yù）”二句：《周礼·冬官·考工记》序称：“鸜鹆不逾济，貉逾汶则死，此地气然也。”此用其事。鸜鹆：同“鸲鹆”，鸟名，俗称八哥儿。逾：越过。济：济水，古四渎之一。古济水，源出河南济源市王屋山，流经荥阳，入黄河，东出辗转入山东钜野泽，其后分南北二济。貉（hé）：兽名。汶：汶水，即今大汶河，源出山东莱芜市北。古汶水流入济水。 (503) 此：指草木鸟兽都受地域影响。 (504) “曾不”句：是说天下各地区曾经互不相通。 (505) 表：外。

翻译

大人先生是一位德高的老人，他的姓氏名字已不可知晓。叙述天地的开始，说起神农氏、黄帝时代的事情，他是清清楚楚的。没有人知道他生活的岁数。他曾经住在苏门山上，所以世人都说他优闲。他怡养性情，延年益寿，跟大自然一样光彩。他看唐尧、虞舜的事业，只像手掌心里的东西而已。他把万里之遥看做走了一步，把千年之久当作一个早晨。他旅行不赶一定的目的，居住也不要一定的处所，只探索大道而无须具体的寄托。先生由于适应变化,顺应和谐,以天地为自己的家,因而人间时运消失,形势败落,他却依然大块地独立存在。他认为自己的能力足以跟造化一起推动变移。所以他默默地探索道德,不与世俗的道德相同。一些洁身自好的人非难他,没有见识的人责怪他,其实都不知道他所探索的道德的变化精微入神。然而先生并不因世俗的非难责怪而改变自己的事业。先生认为,中原地区对于天下来说,简直渺小可怜,比不上苍蝇、蚊子停在帷幕上所占的那一点点地方,所以他始终不把它放在心上而极其留意那些异常地方和奇特区域。在那里旅游鉴赏,参观娱乐,都不是世俗所能见得到的,因而留恋徘徊,没有最后的终点。他在苏门山留下书信,就离开了。天下没有人知道他到哪里去。

有人写信给大人先生说:"天下所贵重的,没有比君子更贵重的。君子衣服有一定的色彩,容貌有一定的准则,语言有一定的法度,行为有一定的模式。站着就像磬折般鞠躬有礼,打拱就像抱鼓般从容大方。一动一静都有节奏,一步一趋都合乐律。进进出出,待人接物,都有一定的规矩。心里像怀抱冰块,提心吊胆,浑身颤抖,约束自己,修养德行,一天比一天小心谨慎。看准了落脚点再走路,唯恐礼节上有什么遗失过错。他们诵读周公、孔子的遗训,赞叹唐尧、虞舜的道德,只依法度来修养,只照礼教来制约,手里拿着礼器珪璧,脚下踩着墨斗画的直线,行为要成为世人眼前的规范,言论要成为后代无穷的法则。他们年青时称誉乡里,长大后名闻国家,向上的抱负是要图谋三公的高位,朝下也不放弃当一州的长官。所以他们拥有金玉财宝,佩带锦绣官绶,享有尊贵名位,取得封爵领地,声名传扬到子孙后代,功德比美于往古贤良。在位时侍奉服事君主,治理州县,养育百姓;退休后经营自己的家产,教育抚养妻子儿女。他们算卦占卜,修筑吉利的家宅,考虑子孙万代的运气,远避祸患,接近福禄,这就长久坚固了。这的确是士君子的高尚情致,古今不变的美好操行。如今先生您就披头散发地住在大海当中,跟那些君子相比差远了。我担心世人叹息先生,非难你的操行。您的操行被世人讥笑,您自己没有门路使自己显达起来,那就可以说是耻辱了。自己生活在困苦的地方,而操行成为世俗讥笑的对象,这样的处境我以为先生不足取啊。"

于是大人先生得意自在地叹了口气,靠着云彩,回答此人说:"像你这样说法,还有什么道理说得通啊!要说大人,他乃是与造物同为一体,跟天地一起产生,逍遥自在地飘浮在人世之上,与自然之道一同成功,经常变化运动,分散聚合,不具有一定不变的外形。天地之间被裁割为区域,而飘浮在上的光明却是从天地之外开通到达天地间来的。天地的永恒,本来就不是世俗之见所能理解得了的。我将要给你说说这个道理。

"从前,天曾经在下面,地曾经在上面,反来覆去,颠上倒下,还没有安定稳固。那怎能不失去法度模式而使他们固定起来呢?天随着地而摇动,山陷落了,河翻起来,云散开去,雷震毁坏,上下四方失去调理,你又怎能看准落脚点再走路,一步一趋都合乐律呢？从前，成群结团的元气争着自己的生存，大地的万物忧虑自己的死亡，肢体不由自主，自身化为泥土，根拔了出来，枝叶脱落了，全都失去自己的处所，你又怎能约束自己，修养德行，磬折般躬立、抱鼓般打拱呢？赵国将军李牧功勋卓著而导致身死，晋国大夫伯宗忠心耿耿而断子绝孙，进取求利而使自己死亡，经营爵禄封赏而使全家灭亡，你又怎能拥有亿万金玉财宝，恭敬侍奉君主长上，而保全妻子儿女呢？

"而且你就看不见那些虱子住在裤子里，逃进深深的裤缝里，躲藏在败坏的棉絮里，它们自以为这就是吉利的家宅了。它们行动不敢离开裤缝的边际，举止不敢越出裤裆，自以为获得操行的墨斗准绳了。它们饥饿就咬人，自以为这是吃不完的食物。然而火山爆发，火流滚滚，烧焦城邑，毁灭都会，一群群虱子死在裤子里，却不能逃出来。你们君子住在人世区域里，又跟虱子住在裤子里有什么两样呢！可悲啊！你们反而就自以为远避祸患，接近福禄，坚固到无穷后世了！就看看太阳中的三足乌在尘世之外游玩，而鹪鹩小鸟在蓬蒿艾草丛中戏耍，这一小一大的高下本来就比不了，你又能拿什么来替那些君子说给我听听呢！

"而且拿近代来说，夏代被商代灭亡，周代让刘汉取代，商的都城耿以及它盟国蒲姑统统成为废墟，周的都城丰、镐也成了荒丘。以至于有人来这些地方探问，也要互相报出各自的家族世系。这一个还没有居住安定下来，别人已经来占有了。这样，你的封爵领地将会跟哪朝哪代一样长久呢？因此，真正的主人是在不固定地方居住的,不修养德行而治理的。他以日月作为确定长久的依据,用阴阳作为居处变动的期限,这难道会贪图爱惜人世,把自己束缚在某一个时代的拖累上吗?他东来乘云,西去驾风,跟阴气在一起就雌伏守节,据有阳气时就成为英雄,因而他志气得意,愿望称心,什么东西都不能使他穷困。他又为什么不能使自己通达,而要害怕那些世俗的讥笑呀!

"从前天地刚刚开辟,万物一起产生,大的生物安于自己的性情,小的生物静守自己的形体。天地间阴气盛,它们保藏自己的元气;阳气盛,则焕发自己的精神。它们没有什么祸害要躲避,没有什么利益可争夺;万物放着不会丢失,收来也不是满盈;死了不是短命,活着不是长寿;有福并无增益,遭祸也没有灾害;各自听从它们本身的命运,都按照自然法度保持自己。明白人不靠智慧取胜,糊涂人不因愚昧失败,弱者不因压迫而恐惧,强者不因有力而拼命用力。这正由于没有君主而万物安定,没有臣子而万事治理,各保自身,修养性情,不违反自然法纪。就因为当时万物都这样,所以能够长存久安。如今你们制造音乐来混乱天然声响,涂抹色彩来折磨天赋形象,表面改变你们的容貌,内里隐藏你们的真情,心怀贪欲而要求繁多,以欺诈作伪来索求名声。君主设立,因而暴虐就掀起来;臣子设立,因而贼乱就产生了。所以你们要制造礼法,用来束缚下层人民,欺骗愚昧者,糊弄笨拙者,故意隐瞒你们耍弄人的智巧,而显得自己是天生神灵。强者睁大睡眼来压倒暴虐,弱者憔悴地服侍别人。你们假托廉洁而成全贪婪,内心险恶而外表仁爱,罪恶至极而不悔过错,侥幸机遇而骄傲自夸。正因为大肆搬弄这种伎俩来奏请君主给你们升官晋阶,所以国家因循停滞而振兴不起来。

"如果没有尊贵,那么卑贱的人就不会怨恨;如果没有富裕,那么贫穷的人就不会争夺;人们各自满足自身所有,而没有什么更多要求。如果恩惠德泽没有施舍的对象,那么死亡失败也就没有哪个成为仇敌。怪异的声响不产生,那么人们的耳朵不会改变听觉的习尚;淫荡的色相不显扬,那么人们的眼睛不会改变视觉的爱好。没有什么来改变耳目视听的习尚爱好,那就没有可以混乱人们精神的东西了。这是先前世代所达到的最高境界了。如今你们标榜尊重贤良来比高低,利用竞赛才能来争上下,凭借权势来辅助君主,依仗宠幸高贵来压倒别人,并且驱使天下人趋赴这种风气,这就是世俗上下自相残杀的原因。竭尽天地万物的最好的东西,用来供奉声色无穷的欲望,这不是为了养育人民百姓。于是你们害怕人民知道原来如此,所以就用重赏讨好他们,用严刑威胁他们。然而由于财货缺乏而供应不了重赏所需,严刑用尽而惩罚不起作用,就开始发生国家灭亡、乱臣杀君的溃败祸患。这些不是你们君子的作为吗!你们君子的礼法,的确是天下残臣贼子、祸乱危害、死败溃亡的伎俩罢了。而你们就自以为这是美好的操行,不可改变的大道,这不是太错误了吗!

"现在我就飘飘在天地之外,跟造化交了朋友。早晨在太阳升起的旸谷吃饭,傍晚在极西头的西海喝水,我将随着太阳运行变迁,跟自然之道一起周而复始。对天下万物,我这样的操行难道不厚道啊!所以不通达自然的人,不值得跟他谈论道理;十分明白的事理也不懂的人,不值得与他一起通往光明,这就是说的你们这类人。"

先生申述了这番言论,天下好奇的人觉得他不凡,慷慨的人认为他高尚。其实人们都不理解他的体性,看不见他的实情,只是猜测他的道理,空洞地硬加给他一个名称。没有人认识他的真性,也理解不透他的实情,虽然人们认为他不凡而高尚,但与从前非难责怪他的人一样,其实什么也没有看见。最高尚的人,世人既不理解他的高贵,也看不见他的神微。他的神微高贵的道,存在于他心里,而万物就在他体外运动发展了。所以天下人到头来都不知道他的作用。

大人先生游经宋国,驾一阵旋风来到野外。此地有个隐士,看见他很高兴,自以为跟他志向一致,操行相同,就说:"好啊!我能见到他而抒泄心中郁愤了。上古质朴淳厚的道已经被废弃了,而那些从古道生出来的树梢细枝、落花残草之类的学说一起兴旺。豺狼虎豹贪婪暴虐,成群的庶物无辜遭殃,把灾害当作利益,毁了性命亡了身体。我不忍心看到这样情形,所以就离开他们而住在这里。世人既然已经不能相与为伴,不如跟树木山石做邻居。安期生逃到蓬莱仙岛,甪李潜居丹水之滨,鲍焦站着枯槁而亡,莱维离去自在而死,就因为这个缘故吧!我要抗举志气,发扬高节,就在这里过一辈子。我要像飞禽般生活而像走兽般死去,埋葬形体而留下骨骼,这不是重新还我生命了吗?那些志向一致的人互相探讨,爱好投合的人有一般的神情,我和先生是相同的。"

于是大人先生就展开彩虹来隔开尘埃,斜张起雪白车盖来遮蔽阳光,靠着美玉车厢而徘徊,揽起一把缰绳而慢步走起来,回头对这个隐士说:"天地初开时的真人,只知大道的根本,专心一志,使万物得以生存。向后退并不见落后,朝前进也不见先进;拨开西北方制作万物,打开东南方当作天门。此时没有道德,因而长久欢快;真人顶天立地,因而处境尊贵。大概就这样完成了我的本体,因此我原本是不须躲避什么而居住的,看到的一切都是安宁的;也不把什么东西当作负担,自在的一切都是成功的。从容自在足以舒展自己的思想,飞腾自由足以抒发自己的感情。所以最高尚的人没有家宅,在天地间作客;最高尚的人没有主人,天地间都是活动场所;最高尚的人没有事故,天地间变化都是自然事故。没有人为的是非区别,也没有世俗善恶的差异,所以天下都蒙受他的恩泽,而万物因此兴旺。假使他厌恶别人而只爱自己,自以为是而否定别人,气愤不平而争夺索取,以志节为高贵而作践身体,他也像飞禽般生活而像走兽般死亡,那么他还有什么值得发扬而获得光荣呢?可悲啊,您的用心,削弱了应有利益以至于忘却生存,看重了追求虚名以至于丧失身体。如果您确实跟世俗罪恶没有什么诡诈干系,又何必要使自己枯槁而自得地死呢?您的爱好,有什么值得谈论的啊!我要离开您了。"大人先生就扬扬眉毛，转转眼神，甩甩衣袖，拍拍衣裳，慢慢提起缰绳，鞭策赶车，乘风而起，驾云飞翔了。那个隐士，抬头瞻望大人先生，流泪哭泣，痛心自己的志节。他穿着草衣树皮，趴在岩石下面，担心自己到不了晚上，就会死去。

大人先生经过神宫，稍事休息；在太阳落山的虞渊漱漱口，然后就走了。转了一圈，得意地游览起来。他看见一个在土山上打柴的人，叹息地说："你将要在这里就这样过一辈子了吗！"

打柴的人说："是这样度过我的一辈子呢？还是不这样度过我的一辈子呢？况且圣人倘使没有胸怀大志，那该多么悲哀啊！天下的盛衰变化，何尝不是都在这个问题上产生的！把才器隐藏在身，隐居着等待时机。孙膑被砍断双脚，因而抓了庞涓；范雎被打断肋骨，因而就交好运；百里奚因沦为奴隶，才做了秦国宰相；姜子牙已到老年，才得以辅佐周朝。这些贤才的命运如此往复曲折，是因为命运本来就先让他们穷困而后再让他们收获。秦始皇攻破六国，并吞了他们的领地，扫平灭亡天下诸侯，南面登上宝座，自称皇帝。他爱好辉煌色彩，崇尚奢侈华丽，挖掘终南山来当作皇宫的望楼，在东海立石以标志秦帝国的东门，他要守住天下千家万户，永不断绝；意图使帝国传代无穷，永世长存。他营建豪美宫殿，装饰华丽帐幔，敲钟击鼓，宣扬光彩，扩大园林猎场，深挖池塘沼泊，在渭河北岸兴建六国宫殿，大大扩建京城咸阳。然而骊山陵墓的树木还没有长成树林，阿房宫已经变成荆棘丛生的废墟。历史的发展总是让帝王的宝座依次更换，一个个朝代存在过,又一个个更换场所,所以历史让秦朝先得到天下,而后它就走向灭亡。华山以东的服役罪奴,就起来称王天下。由此可见,命运的穷困和显达怎么可以预知呢?而且圣人以道德为自己的心,不以富贵为自己志向,以无为功用,不以统治人、占有物为事业。尊贵显要不会使他更加看重自己,贫穷低贱不会使他轻视自己,失意不会使他自以为耻辱,得利不会使他自以为荣耀。这就像树木一样,根柢坚挺而枝条远伸,树叶繁荣茂盛而花朵凋落。与人没有穷尽之日的死亡相比,人的生存就只有一个早晨那样短暂,那么一生荣辱得失的多少,又哪里值得烦乱自己呢?"

因此他感叹地唱歌道:

"太阳没落在不周山的西方,
月亮升起在东方的丹渊中。
太阳隐蔽起来,看不见了,
月亮大放光芒,成为英雄。
月亮高悬天空只有一会儿,
暂时出现后,太阳又东升。
出没云雾中好像离别会合,
日月往来飞快像一阵暴风。
人生富贵不过在俯仰之间,
一时贫贱又岂知终生不变?
留侯张良起身于逃亡罪奴,
威武赫赫远扬到北夷边地;

秦朝的召平曾经封侯东陵,
一旦秦亡就沦为平民布衣。
树木的枝叶要托命于根柢,
生死盛衰都与根柢相联系。
人的得志要听从命运升迁,
失去权势也跟随时运毁灭。
寒来暑往,岁时轮换前进,
万物变化,更加相互催促。
祸福本来就没有一定主宰,
为何要担忧此身没有归宿?
由此推论怎样过这一辈子,
背柴终生又有什么可悲哀!"

先生听了,笑着说:"这虽然还没有达到大道,但也差不多可以免受小道理的影响了。"

他就唱歌道:"天地分解啊上下四方打开,星辰坠落啊日月倒塌。我飞腾上去将什么怀抱呢? 不穿着衣服而衣服很美,不佩带装饰而自然光彩,天上地下徘徊啊,有谁理解我操行的常规? 就这样离去而飘浮远游,放任云车,张开气盖,自在地盘旋翱翔啊,在广大无边的天地之外。竖起长星当作旗帜啊,敲起雷霆的霹雳隆隆。打开不周的西北而驱车啊,我慢行在平坦宽广的天上九野。坐在天的中央地区而回头看望啊,望见了高山我就回车而行。端正了符节而飘扬羽帜啊,我的思虑放纵在那荒远边疆。摆脱中州的顾望而觉得它不好啊,我驰骋在蒙昧荒野里得意远游。抛弃世俗事务的众庶行为啊,有什么繁琐小事值得我依赖!空虚了形体而轻轻高飞啊,我的精气微妙而精神丰富。我命令后羿去宽慰太阳啊,叫忴来去安抚大风。攀住扶桑树长长的枝条啊,我登临在扶摇而上的旋风顶端。太阳从潜藏在旋风的昏暗中跳跃出来啊,清洗而照耀出洁白明亮的光芒。我丢掉衣裳而不穿啊,披着云气就这样走着。早晨驾车到了日出的旸谷啊,傍晚我就在长长的悲泉息马。这时太阳落在崦嵫山而气象变换啊,扶桑树的花儿映射光辉照耀着黄昏。将南天朱雀七宿当作我举起的指挥大旗啊,把北天玄武七宿变成了我竖起的旗帜,我变换了仪容服饰而更改了气派风度,就这样私自飞腾起来进行长征。

"阴阳更换而替代着向前迈进,四季奔跑而一个个连接着走来。想到神仙的变化是这样快速突然啊,我心里不乐意在此间久留。一阵大风骤然奋起而使我丢掉了乐趣啊,虽然风起云涌而我却没有忧愁。忽然又雷电消失而使我心神得意啊,我便经历寥廓的大自然而开始远游。佩带着日月我焕发光彩啊,登临游荡而向上飘浮。接近前途我快到达那自然之道啊,我将漫步走在空虚的大自然州郡。打扫了紫薇宫而铺列坐席啊,我坐在天帝的宫室,一会儿又参加了宴会进酒。集合了众多音响而演奏乐曲啊,那声音惊人的飘渺而悠扬长远。天上五帝翩翩起舞而一再连续啊,六大神仙纷纷献歌而一遍遍欢唱。乐曲声音清澈高扬,穿透心房,直通神魂,极其高远,令人迷茫,心向往而神忘返,思虑大道而志节矜持。

"大人没有收心也不招魂啊,扬起云气而向天帝陈诉。天帝召来西北幽天的仙女啊,我迎接了天上帝王的美人。她的身体像云气一般自在轻快啊,她的衣服像天空一样美好贞洁。我们相会时满怀欢情而微微进行接触啊,一开始我就觉得她光艳过人而以为她像神。她花也似的姿容放射全部光辉啊,花彩般的颜色焕发得令人振奋。她额前秀发斜拂而鬓发轻垂啊,光耀着青春的容颜而自然清新。时光渐渐昏暗而将要消逝啊,风飘飘吹来而振动衣裳。云气分解而烟雾散开啊,密集的云奔跑分散而她永远回去了。我的心怅惘若失而遥远地思念啊,眯着双眼四处探看而再也看不见仙女。

"扬起清风当作我的旗帜啊,我展翅掉转车头而返回大地。炎热的太阳腾腾升起而来势猛烈啊,我命令火神祝融听候差遣。驱使水神玄冥来收服坚固啊,我让金神蓐收执法而提前用武。木神勾芒奉命来推车,轻举妄动震惊了朝霞。寥廓大自然茫茫一片而没有一座城市啊,在遥远阔大的空间我没有伴侣而独自一人站着。靠在美玉的车厢低头一看啊,我悲哀天下的土地上这样憔悴。要分清是非当作操行的准则啊,又哪里值得跟这一切来比拟相类呢!霓虹的旌旗飘扬啊,云霞的旂旗密集,我乐意旅游啊远出天外。"

大人先生披头散发,鬓发飘飞,穿一身《离卦》图象的八卦衣,系一条拴住太阳的衣带。他嘴里含着灵芝仙草,嚼着甘华仙果,吸着飘浮雾气,吃着高空彩霞,使朝云兴起,让春风飘飏。他从混沌太极的东头奋起,到仙山昆仑的西面旅游,丢掉了马缰绳,折断了马鞭子,目光流转到唐尧、虞舜的都城。他悯然地思索着,怅然地像忘了什么,感慨地叹息道:

"唉!四季比不了一年,一年比不了天,天比不了道,道比不了神。神是大自然的根本。那些行为拘束的人自以为是这个人世的高贵人物了,然而他们怎能知道这个人世已经低贱到这等地步了啊!所以与世俗争高贵,这种高贵不值得尊重;与世俗争富庶,这种富庶不值得抢先。一定要超脱人世而隔绝人群,抛弃世俗而独自来往,登临在太初原始时代之前,观览到自然之道的初始,思虑要周游于无外的大自然境界,志气要浩浩荡荡而自然奔放,飘飘在四季之上,翻飞翱翔在八方之外。欲望要纵情放肆而只求大体,飘浮荡漾而不受拘束,小节细行不足以成为诽谤,圣人贤良不足以成为荣誉。一切变化运动,都跟神明相扶携。囊括无外的大自然存在作为自己的家宅,包围整个宇宙作为自己的住房,强固天地八方而居住安宁,依据对万物的控制来永恒居留。如果是这样,那么可以说是真正的富贵了。因此,不要向唐尧、虞舜的道德看齐,不要跟商汤、周武王的功业匹比,王子乔、许由不值得成为比较对象;阳货、孔丘哪能跟神比较行踪呢!天地尚且不能超过神的寿命,广成子何尝值得与神相提并论呢?吹动天地八方的风来宣扬神的声誉,踩着大吉大利的高尚踪迹。披着九天来开展啊,召来云气把飞龙驾驭。使天上地下专一起来控制统治万物啊,比古往今来一切朝代都特殊而毫不相同。那世俗的名利,怎么值得成为拖累啊!所以提起齐国,缩小楚国,手拿赵国,脚踩秦国,不到一个早晨就使天下没有一人称雄,东西南北没有一人跟他们做邻居。可悲啊!您的这番修饰了的议论,照我看来,将怎样在这样的天地中保存呢?"

大人先生就离开了这位打柴的人。他使广大天地兴盛起来,使动荡不安正轨起来,使水灾泛滥疏通起来,经历渡过重重深渊,跨登青天,回头看望而得意浏览了。那么,他享有了逍遥自在而得以长生不老,却没有因存在与疏忽、聚合与离散而造成推崇备至的赞誉。大自然中,元气涣散摇荡,漾漾波动,洋洋无边,暴风涌来,云朵浮起,大人先生到达北斗,一直奔驰到了太初原始境界之中,而在无为的宫殿里休息。太初境界是怎样的?那里没有后也没有前。没有人探究出它的尽头,没有谁认识它的根本。遥远渺茫,绵绵不绝,这就重又回到了大道存在的地方。没有人通晓它的原委,没有谁知道它的根本。即使征召众多神灵来探索,何曾有能力足以使自己取得成就?登临一万重天遍看大自然,沐浴在太初原始的和风里,逍遥飘浮地得意远游,沿着大道之路走向无穷。撇开太乙天神而不差遣他,冲破天地界限而一直前进。超过濛鸿之神而走向远方。左面原始草野没有边际,右面昏暗遥远没有地方,向上听到遥远都不闻声音,向下看得很长很远也不见光彩。将"无有"的居室让神住下,神便不受居室的限制,而在永恒的天空里遨游飞翔,自由自在了。

大人先生传

雄伟高山勃然兴起乌云,北风横行厉起,白雪纷飞,水灾这样冲撞,严寒伤害人民。阴阳错了地位,日月倒塌下来,地崩石裂,森林树木折断,火变冷了,太阳冻了,严寒伤害人的胸怀,温暖天气越来越微弱,严寒天气把温暖赶尽,大海冰冻不流,绵絮冷得变脆折断,人们呼吸不通,严寒冻伤使人的肌肤裂开。天气兼并,替换运动,变化如神,严寒先行,炎热跟着就来,都患害损伤人民。和煦啊,真人怀抱着天空,精神专一,他的用意在于太平,使严寒和暑热都不伤人,没有人不对真人的作用感到惊奇,从此忧愁和祸患都没有产生的根由,朴素的元气使天地安宁。飘浮在云雾上冲向天空,可以随意通过;来来往往充满微妙的乐趣,一路没有颠簸。爱好乐趣都跟世俗不同,又有什么可以争夺?世人况且都不免一死,唯独我永存长生。

真人漫游,驾驭八条龙,日月光辉照耀,载着云彩旗帜。他得意徘徊,乐意到他去的地方。真人远游,太阶星平平正正……天门大开。雨濛濛,风浑浑,登临黄山,出来又想逗留。长江大河水清,洛阳城里没有尘埃,云气消散,真人来了,想起来多快乐啊!时世变了,爱好乐趣颓废了,真人走了,他跟天一起转回过去了。他返回到无穷去了,延年益寿,独自傲视世俗。……真人什么时候回到人间?他在那漫漫长途上很快前进,路一天天走得远了。

大人先生从此离去了,天下没有人知道他最终到了什么地方。大约他冲破了天地的界限,而与那飘浮在天地之上的光明在一起遨游,这循环不已、没头没尾的遨游是大自然中最真实的境界。八哥儿不越过济水,貉不渡过汶水,世上的平常人,跟它们一样,也由于这一点本性局限了。既然区域之间曾经不相交通,又何况远到四海之外、天地之外啊!像先生这样人物,只是把天地当一个卵罢了。如果小东西、小人物要评论他的长短,议论他的是非,岂不可悲啊!

中华文史名著精选精译精注（全民阅读版）
已出书目

书　名	导读人	审阅人
贾谊集	徐超、王洲明	安平秋
司马相如集	费振刚、仇仲谦	安平秋
张衡集	张在义、张玉春、韩格平	刘仁清
三曹集	殷义祥	刘仁清
诸葛亮集	袁钟仁	董治安
阮籍集	倪其心	刘仁清
嵇康集	武秀成	倪其心
陶渊明集	谢先俊、王勋敏	平慧善
谢灵运鲍照集	刘心明	周勋初
庾信集	许逸民	安平秋
陈子昂集	王岚	周勋初、倪其心
孟浩然集	邓安生、孙佩君	马樟根
王维集	邓安生等	倪其心
高适岑参集	谢楚发	黄永年
李白集	詹锳等	章培恒
杜甫集	倪其心、吴鸥	黄永年
元稹白居易集	吴大逵、马秀娟	宗福邦
刘禹锡集	梁守中	倪其心
韩愈集	黄永年	李国祥
柳宗元集	王松龄、杨立扬	周勋初
李贺集	冯浩菲、徐传武	刘仁清
杜牧集	吴鸥	黄永年

续表

书　名	导读人	审阅人
李商隐集	陈永正	倪其心
欧阳修集	林冠群、周济夫	曾枣庄
曾巩集	祝尚书	曾枣庄
王安石集	马秀娟	刘烈茂、宗福邦
二程集	郭齐	曾枣庄
苏轼集	曾枣庄、曾弢	章培恒
黄庭坚集	朱安群等	倪其心
李清照集	平慧善	马樟根
陆游集	张永鑫、刘桂秋	黄葵
范成大杨万里集	朱德才、杨燕	董治安
朱熹集	黄珅	曾枣庄
辛弃疾集	杨忠	刘烈茂
文天祥集	邓碧清	曾枣庄
元好问集	郑力民	宗福邦
关汉卿集	黄仕忠	刘烈茂
萨都剌集	龙德寿	曾枣庄
王阳明集	吴格	章培恒
徐渭集	傅杰	许嘉璐、刘仁清
李贽集	陈蔚松、顾志华	李国祥、曾枣庄
公安三袁集	任巧珍	董治安
吴伟业集	黄永年、马雪芹	安平秋
黄宗羲集	平慧善、卢敦基	马樟根
顾炎武集	李永祜、郭成韬	刘烈茂
王士禛集	王小舒、陈广澧	黄永年
方苞姚鼐集	杨荣祥	安平秋
袁枚集	李灵年、李泽平	倪其心
龚自珍集	朱邦蔚、关道雄	周勋初